KB114685

얼리브

얼라이브 7

노쓰우드 장편 소설

초판 1쇄 찍은 날 § 2015년 6월 8일
초판 1쇄 펴낸 날 § 2015년 6월 15일

지은이 § 노쓰우드
펴낸이 § 서경석

편집책임 § 박은정

펴낸곳 § 도서출판 청어람
등록번호 § 제387-1999-000006호
등록일자 § 1999. 5. 31
어람번호 § 제1-2143호

주소 § 경기도 부천시 원미구 부일로 483번길 40 서경B/D 3F (우) 420-822
전화 § 032-656-4452 팩스 § 032-656-4453
http://www.chungeoram.com
E-mail § chungeorambook@daum.net

ISBN 979-11-04-90264-2 04810
ISBN 979-11-04-90086-0 (세트)

7
노쓰우드 장편 소설
FUSION FANTASTIC STORY

얼라이브

ALIVE

도서출판
청람

CONTENTS

1장

아미존

꽉 막힌 도로를 뚫고 겨우 도착한 약속 장소에는 이미 자신을 제외한 모두가 나와 있었다.

"늦었잖아."

진재영의 삐딱한 말에 장택근이 어색하게 웃으며 이지원의 곁에 자리를 잡았다.

"미안해. 근데 뭐 딱히 기다린 것 같지도 않구만. 벌써 시작한 거야?"

테이블에 가득 올라온 음식을 보며 장택근이 군침을 삼켰다.

"네가 좀 늦었어야지."

불퉁거리면서도 진재영이 장택근의 앞으로 음식 접시를 밀어주었다. 곁에 있던 이지원이 그걸 보고는 금세 장택근의 접시에 음식을 덜어주며 말했다.

"빈속이지? 우선 식사부터 해결해."

"아, 그렇지. 빈속이지."

생각해 보니 어제저녁부터 지금까지 아무것도 먹지를 못했다. 뒤늦게 허기를 느낀 그는 허겁지겁 접시를 비웠다.

"천천히 먹어. 체할라."

이지원이 곁에서 음료수를 챙겨주며 그의 등을 쓸어주었다.

그녀의 말에 자신이 생각해도 급하게 음식을 먹었다 생각한 그가 민망한 얼굴로 다른 이들에게 음식을 권했지만 그녀들은 진즉 식사를 마친 모양이었다.

"택근이는 밥부터 먹고, 우리는 마시자고!"

진재영의 주도로 이지원과 윤신애가 잔을 치켜들며 건배를 했다.

쨍 하고 잔이 부딪치는 맑은 소리를 들으며 장택근은 계속해서 음식을 입에 쑤셔 넣었다.

이상하게 먹어도 먹어도 배가 부르지 않았다. 벌써 테이블에 가득하던 음식 중 반절은 없어진 것 같은데 여전히 배가 고팠다.

"너무 많이 먹는 거 아니야?"

결국 보다 못한 이지원이 나서서 걱정을 표했지만 그는 손을 놀리는 것을 멈추지 않았다.

　"아, 오늘따라 배가 계속 고프네."

　"그래도 좀 천천히 먹어, 오빠. 그렇게 먹다가 정말 체해."

　윤신애마저도 얼굴에 걱정스러운 기색이 역력했다.

　괜찮다고 손을 흔들어준 그가 식사를 마친 것은 그로부터 한참이 지나 테이블 위의 음식들이 얼마 남지 않을 무렵이었다.

　진재영을 비롯한 여자들이 그를 질렸다는 눈빛으로 바라보았다.

　"네가 사람이냐? 이 많은 걸 어떻게 다 먹어?"

　"소화제 사와야 하는 거 같은데, 내가 나가서 사올까?"

　진재영이 고개를 절레절레 흔들며 말하니 윤신애가 안절부절못하고 당장에라도 룸을 나설 것처럼 엉덩이를 들썩거렸다.

　"괜찮아?"

　대식가로는 둘째가라면 서러워할 이지원 역시 그의 배를 어루만져 주며 걱정스레 물었다.

　"응. 아직 더 먹을 수 있을 것 같은데 이만 먹을게. 정말 더 먹으면 탈 날 거 같아."

　"탈 날 거면 진즉 났지. 너희 둘은 진정 천생연분이다."

　진재영이 그렇게 말하고는 술잔을 건네주었다.

"술 들어갈 배는 있겠지?"

그녀의 장난스러운 말투에 끄떡없다고 대꾸한 장택근이 갈색 스카치위스키가 담긴 잔을 높이 들었다.

"그럼 우리 건배할까요?"

"뭘 거창하게시리……."

진재영이 툴툴거리면서도 잔을 들었다.

"신애는 그간 사정이 있어서 처음 왔잖아. 그래도 우리 넷이 아마존 멤번데, 정말로 이런 날에 모인 건 3년 만에 처음이네. 그치? 뭔가 조금 감격스러워해야 하는 거 아니야?"

그렇게 말하니 윤신애가 지난 일을 떠올렸는지 조금은 어두운 얼굴을 해보였다. 그 모습에 아차 싶은 진재영이 재빠르게 화제를 전환했다.

"어쨌든 다 모였으니 건배!"

"건배!"

딱히 구호랄 것도 없이 건배를 외치고 그대로 술잔을 입에 털어 넣었다. 술이 약한 윤신애도 오늘만큼은 작정했는지 단번에 술잔을 비우고는 인상을 잔뜩 썼다.

곁에 있던 진재영이 안주를 집어 그런 윤신애의 입에 물려주었다.

"안주 새로 시켜야겠네. 택근이 네가 술안주까지 다 먹어버렸어."

그녀의 핀잔에 이지원이 슬쩍 그의 편을 들어주었다.

"음식이야 또 시키면 되지. 사람이 배고프면 좀 많이 먹을 수도 있는 거 아냐?"

"누가 뭐래? 기지배가 지 남자친구라고 편드는 거 봐라. 어휴, 신애야, 애인도 없는 우리는 서러워서 어떻게 하누."

이지원의 역성에 민망한 얼굴이 된 장택근이 문득 생각났다는 듯이 말했다.

"아, 우영이라고 다들 아시죠? 김우영. 아마존에도 같이 있었잖아요."

"어, 날건달 같은 그놈? 얼마 전에도 같이 봤잖아."

"네, 날건달은 좀 심했지만 여하튼 그놈도 우리 모임에 오고 싶다는데, 어떻게 할까요?"

그 말에 진재영이 윤신애와 이지원을 바라보며 대꾸했다.

"나야 상관없지. 얘들이 낯가리니까 얘들한테 물어봐."

그녀가 그렇게 말하니 이지원과 윤신애도 모두 개의치 않는다며 마음대로 하라고 말했다.

"그럼 부를게요."

장택근이 휴대폰을 들고는 김우영에게 연락했다. 마치 기다렸다는 듯 전화를 받은 김우영이 바로 날아온다고 호들갑을 떨었다.

준비고 뭐고 할 것 없이 이미 대기하고 있던 모양이다. 15분

내로 도착한다는 그의 말을 다른 사람들에게 전해주자 이지원이 툭하고 한마디를 내뱉었다.

"걔는 안 불러줬으면 어쩔 뻔했을까."

그녀의 말에 모두가 깔깔거리며 웃어댔다.

"뭐, 사실 오늘은 의미가 있는 날이지만 우영이 그놈이라면 그래도 이런저런 일도 같이 겪었고 도움받은 것도 있으니까 딱히 불편하진 않지?"

그래도 조금은 신경이 쓰여 장택근이 조심스레 묻자 다른 이들이 하나같이 김우영이라면 상관없다고 대답해 왔다.

"우영이 앞이라면 딱히 이미지 관리할 필요도 없고, 뭐 나쁘진 않지. 솔직히 그때 차동수 쪽에서 있던 일들도 조금은 궁금하지 않아?"

진재영의 말에 이지원이 흠칫 몸을 떨었다. 아무래도 좋지 못한 기억이 떠오른 모양이었는데, 장택근이 슬쩍 테이블 아래로 그녀의 손을 잡아주었다.

어쩐지 차갑기만 한 그녀의 손등과 손바닥을 그가 가만히 어루만져 주었다.

그제야 이지원의 얼굴에 떠올라 있던 불편한 기색이 조금은 사라졌다.

"일단 테이블 한번 치워달라고 하고, 새로 또 시키자. 우영이가 또 택근이처럼 많이 먹을지 모르니까 넉넉하게 시키자고. 나 술자리에서 안주 떨어지는 건 정말 질색이야."

진재영이 종업원을 불러 새롭게 음식을 주문하고 이래저래 부산을 떠는 사이에 김우영이 도착했다.

"안녕들 하십니까, 누님들?"

요란스러운 그의 등장에 장택근이 머리를 짚었다.

"입구에서 그러지 말고 빨리 들어와. 문 좀 닫고."

어딘지 모르게 긴장되면서도 설렌 표정의 김우영이 그 말에 좋다고 윤신애의 곁에 자리를 잡았다. 그런 그를 보고 진재영이 그 사이에 끼어들었다.

"어디 우리 신애를!"

이미 아마존에서도 윤신애에게 치근대던 전적이 있는 그이니만큼 진재영의 말투가 단호했다.

그래도 몇 번 술자리를 함께하며 친해졌다고 생각했는지 김우영이 서운한 얼굴을 해보였지만 진재영의 표정은 변함이 없었다.

게다가 윤신애마저도 어딘지 모르게 안도한 기색이라 그가 더욱 울상을 지었다.

"형, 형이 좀 말해줘요. 나 이상한 놈 아니라는 거 알잖아요."

"뭘 말해줘? 너? 내가 보기에는 충분히 이상하거든?"

괜히 본전도 찾지 못한 김우영이 에잇 하며 술잔을 비워내자 곁에 있던 진재영이 바로 술잔을 채워주었다.

"캬! 역시 날 생각해 주는 건 재영 누님밖에 없어."

그가 그렇게 호들갑스럽게 감동받았다는 얼굴을 연기하는데 그녀의 눈빛이 어딘지 모르게 독했다.

"마셔."

"네? 저 방금 마셨는데요?"

김우영이 그제야 뭔가 이상하다고 느끼고 토를 다니 그녀가 술잔을 들이밀었다.

"원래 늦게 온 사람은 석 잔 마시고 시작하는 거야. 후래삼배 몰라?"

되도 않을 소리에 그가 주변에 도움을 청하는 눈빛을 보내보지만 다들 웃는 얼굴로 그 모습을 지켜보고 있을 뿐이다.

결국 그는 석 잔을 빠르게 비우고 벌게진 얼굴로 트림을 했다. 진재영이 또 그 모습을 보며 좋다고 깔깔대었다.

평소에는 술을 권하지 않는 그녀인데 아무래도 뭔가 쌓인 게 있는 모양이다. 그래도 그게 무엇이든지 간에 이번 벌주 석 잔으로 모두 풀어낸 모양이라 장택근이 미소를 지었다.

역시나 김우영은 타고난 광대 체질이다. 술도 잘 마시는 놈이 저렇게 죽겠다고 빼며 호들갑을 떨어대니 분위기가 한결 더 흥겨워졌다.

"근데 매번 이렇게 모였던 거예요?"

한참 주거니 받거니 술을 비워내고 있는데 김우영이 불쑥 물었다.

"아무래도 여기 재영이 누나도 바쁘고 다른 사람들도 다들 모이기가 힘드니까 오늘만큼은 무조건 모이는 날로 정한 거지. 오늘이 우리가 아마존에서 구조된 지 꼭 3년 되는 날이거든."

아무래도 연예인이라는 직업의 특성상 서로 시간을 맞추기가 쉽지 않았다. 게다가 진재영이라고 무한정 시간이 있는 것도 아니고 그녀의 직업 역시 그들 못지않게 바빴다.

아마존의 인연을 소중히 이어가고 싶은 마음이야 있지만, 사는 데 치이다 보면 치열했던 그날이 희미해질 것만 같아 만들어진 자리다.

만약 아마존을 벗어나지 못했다면 이런 자리도 없었을 테니 그들이 이날을 귀하게 여기는 것은 당연했다.

"그럼 저도 앞으로 계속 껴도 되나요? 사실 그때 입장이 조금 다르긴 했지만 저도 아마존 생존 멤버 중 하나라고요."

그의 말에 장택근을 비롯한 사람들이 서로 시선을 교환했다. 딱히 거부하고 싶어 하는 사람은 없는 기색이었다.

따지고 보면 김우영은 아마존에서 차동수 일행과는 다르게 내내 중립 내지는 호의적인 입장이었다.

그게 눈치가 없는 탓도 있겠지만 천성적으로 허세와 바람기가 있는 걸 제외하면 선량한 성품이었다. 다만 그 선량함이 그의 안하무인격인 연예인병에 가려져 제대로 드러나지 않을 뿐이다.

"뭐, 나쁘지 않을 것 같은데?"

그래도 이 안에서 가장 김우영과 가까운 사이인 장택근이 슬쩍 사람들의 얼굴을 살피며 운을 띄웠다.

"나도 딱히 반대할 이유가 없지."

"저도요."

"난 우리 신애한테 치근대지만 않는다면야……."

끝에 가서는 진재영의 말에 김우영이 다시 한 번 서러운 얼굴을 해보이기는 했지만 결국 김우영이 모임에 낀다는 것에 거부감을 가진 이는 없었다.

"이제부터 우영이도 우리 모임에 끼는 거네?"

진재영이 그렇게 말하니 그가 감동했다는 얼굴로 열렬히 고개를 끄덕였다.

"그럼 우리 우영이, 신고식 해야지?"

이미 몇 번의 만남으로 이 자리에 모인 사람들 중에서 가장 짓궂은 이가 그녀라는 사실을 파악하고 있던 김우영이 긴장한 얼굴을 해보였다.

폭탄주를 권할까, 그도 아니면 개인기라도 시킬 것인가. 온갖 상상을 하는 모양인지 그의 얼굴이 수시로 바뀌었다. 하지만 다음에 이어진 말은 그의 생각과는 완전히 달랐다.

"아마존에서의 이야기 좀 해줘. 사실 남자들에게 무슨 일이 있었는지는 우리도 잘 모르니까."

그녀의 말에 김우영이 눈을 동그랗게 떴다.

"뭘 그렇게 놀라. 우리도 얘기해 줄게. 오늘 자리가 자리이니만큼 이런 이야기가 재미있잖아?"

호기심 가득한 표정의 그녀가 그렇게 말하니 어쩐지 김우영이 우물쭈물하며 시선을 피했다. 그 모습을 보며 장택근이 저도 모르게 한숨을 내쉬었다.

아무래도 지난 기자회견 때 증언한 내용을 떠올려 보면 그를 포함한 차동수 일행이 아마존에서 겪은 일 또한 평탄치만은 않았으리라.

하지만 김우영이 이내 얼굴을 밝게 펴며 쾌활하게 고개를 끄덕였다.

"뭐, 좋죠! 대신 누님도 다 말씀해 주시는 겁니다!"

"그러지, 뭐!"

"딜! 사실 저도 전부터 택근 형님이 미녀 셋과 아마존에서 어떻게 지냈는지 제일 궁금했……."

"또 쓸데없는 소리 한다."

그 가벼운 천성이 어디 가는 건 아닌지 금세 또 본색을 드러내는 김우영에게 장택근이 핀잔을 주었다.

"그럼 어디부터 이야기할까요? 그렇지. 그렇게 택근이 형이 떠나고 난 뒤부터 시작할까요?"

*　　　*　　　*

"저희는 따로 행동하겠습니다."

너무도 아무렇지도 않게 말하는 장택근을 보며 남자들은 황당하다는 표정을 지어 보였다.

지금 자신이 있는 곳이 어디인가. 맹수와 독충, 그리고 또 어떤 위협이 도사리고 있을지 모르는 무려 '아마존'이다. 그런데 이런 위험한 곳에서 여자들만 데리고 따로 행동하겠다는 말에 황당함을 넘어 차라리 그가 미친 것은 아닌지 걱정이 될 지경이었다.

"첫날은 재규어를 봤고, 둘째 날은 아나콘다를 만났지. 그 뒤로는 운이 좋게도 아무 일도 없었지만 그 운이 과연 어디까지 갈까."

"그건 저희가 알아서 할 일이지요."

"뭉치면 살고 흩어지면 죽는다. 몰라? 같이 붙어 다녀도 어떻게 될지 모르는 마당에 생각이 그렇게 없어? 여기가 어딘지 알고 그딴 망발이야, 망발이?"

"안 돼. 위험해서 안 돼. 그렇게 따로 떨어졌다가 무슨 일을 당하려고."

나윤섭까지 끼어들어서 장택근을 설득해 보았지만 장택근은 끝까지 단호했다.

"뭐, 허락을 받자고 온 건 아닙니다. 그간 같은 일행이던 정리가 있어 알려드리려고 왔을 뿐이에요."

적의 가득한 말에 모두가 놀라 입을 쩍 벌리는데, 차동수가 다시 차갑게 대꾸했다.

"안 돼. 이미 한 번 쪼개진 일행이야. 다시 또 쪼개서 좋을 게 없어."

"말이 잘 안 통하시네요. 아니면 제 말을 듣기 싫은 겁니까? 벌써 세 번이나 말했습니다. 저희는 저희 길을 가도록 하겠습니다. 허락을 받으러 온 것이 아닙니다."

몇 번이라도 같은 말을 하는 그의 모습에 차동수가 관자놀이를 꾹꾹 짓눌렀다. 아무래도 의견을 쉽게 굽히지 않을 것 같아 설득할 말을 찾았다.

"이미 여자분들은 결정을 내렸고, 저는 그저 알려드리러 왔을 뿐이니 쓸데없는 입씨름은 하지 말았으면 합니다."

"무슨 말인지는 알겠는데, 다른 사람은 몰라도 진 선생만큼은 안 돼."

"그렇게 말씀하실 줄 알았지요. 하지만 어쩌겠습니까. 그녀들은 이미 떠나고 없습니다. 그러니 이제 와서 진 선생님을 두고 왈가왈부해 봐야 변하는 것은 없어요."

그 말에 차동수가 벌떡 일어나 여자들이 있던 텐트를 향해 달려갔다. 텐트의 커버를 단숨에 걷어내니 과연 장택근의 말처럼 텐트 안에는 사람 그림자는커녕 뭐 하나도 남아 있지 않았다.

"마지막으로 아침에 불침번 선 사람이 누구야?"

잔뜩 화가 난 그의 음성에 사람들이 쭈뼛거리며 나윤섭을 가리키자 찔끔한 표정을 해보인 나윤섭이 변명처럼 말했다.

"아니, 난 정말 못 봤다니까. 내가 불침번을 설 때 간 게 아닌 모양인데."

상황이 제 입맛대로 굴러가지 않자 금방 자기들끼리 툭탁거리는 그들의 모습에 장택근은 역시나 하는 표정을 지어 보였다.

"그럼 이만 가볼게요. 다음에 볼 때는 그곳이 부디 서울이었으면 좋겠네요."

그들을 놀리듯 정중한 장택근의 말에 차동수가 버럭 소리를 질렀다.

"장택근! 정말 이런 식으로 나올 거야? 네가 혼자서 세 명이나 되는 여자를 지켜줄 수 있을 것 같아?"

"그럼 여기 있으면 안전하답니까? 당장 어제만 해도 지원 씨가 무슨 일을 당했는지 잊으셨어요?"

전적이 있으니 꿀 먹은 벙어리가 된 남자들에게 장택근이 말했다.

"그런데 누굴 지켜요? 말이 되는 소리를 하시죠. 여기 있다가는 언제 또 무슨 일을 당할지 모르는데 당신 같으면 여기 있고 싶겠어요? 적어도 저는 당신들처럼 여자들을 짐짝 취급도 안 할 거고 또 그런 개만도 못한 짓도 안 할 겁니다."

그렇게 말한 장택근은 뒤도 돌아보지 않고 밀림 속으로 사라졌다. 남은 사내들은 그저 망연자실하게 그가 떠나간 자리를 바라볼 뿐이었다.

*　　　*　　　*

"우와! 택근이가 그렇게 이야기했어?"

김우영의 말에 진재영이 새삼 감탄한 시선으로 장택근을 바라보자 그가 민망한 얼굴로 뺨을 긁적였다.

"네, 어찌나 단호하던지 저는 단호박인 줄… 죄송해요."

이때다 싶었는지 되도 않을 개그를 던졌다가 싸늘한 눈총을 받은 김우영이 몸을 사렸다. 윤신애 혼자서 큭큭거리며 웃어대다가 덩달아 눈총을 받고는 표정을 가다듬었다.

"정말 그랬어? 그런 이야기 없었잖아."

"뭐 하러 그런 이야기를 해."

이지원이 따뜻한 눈으로 장택근을 바라보다가 그의 품에

기댔다. 그 모습을 본 진재영이 못 볼 꼴을 봤다는 표정으로 고개를 절레절레 젓는데 김우영이 다시 말을 이어갔다.

"하여간 그때 저는 택근이 형하고 동수 새끼하고 정말로 싸울 줄 알았어요. 근데 사실 우리도 알고 있었어요. 동수 새끼가 형한테 쫄았다는 거."

그렇게 말한 김우영이 이때만큼은 정말로 질렸다는 얼굴로 설명했다.

"택근이 형 화났을 때 앞에서 보면 진짜 지려요. 무슨 사람 눈빛이 장난 아니라서 도살자가 괜히 뜬 게 아니라니까요."

정말로 생각하는 것만으로도 소름이 돋는지 그가 넌더리를 쳤다.

"하여간 그렇게 형하고 누나들이 떠나고 나서 우리는 초상집 분위기였어요."

다시 그의 눈빛이 깊게 가라앉으며 마치 저 먼 아마존을 바라보듯 아련해졌다.

*　　　*　　　*

조감독이 떠나고 나자 우리는 한동안 아무런 말도 할 수가 없었다.

악귀처럼 얼굴을 일그러뜨리고 있는 동수 형님이 무섭기

도 했지만 그것보다 더한 것은 인원이 반으로 줄었다는 두려움이 더욱 컸다.

고작 텐트가 하나 줄었을 뿐임에도 불구하고 야영지가 유독 휑하게 느껴졌다. 떠난 이들이 아무런 힘도 없는 여인들이라 하나, 사람 수가 줄자 갑작스레 밀림이 두렵게 느껴졌다.

"뭐 해? 초상났어?"

한참 만에 꺼낸 동수 형님의 말이 칼날처럼 날카로웠다. 그 역시 두려울 게 분명했지만, 그는 최소한 우리 앞에서 두려움을 내색하지는 않았다.

그의 태연함이 거짓된 것이라는 사실은 알고 있었지만 우리는 그런 모습이나마 믿고 따라야 했다.

물론 아마존에서 살아남기란 쉽지 않았다. 식수는 늘 부족했으며 사냥은 어쩌다 한 번 성공할 뿐이라 식량 역시 늘 모자랐다. 끼니를 굶는 것이 예삿일이 되었다.

하지만 우리 중 그 어느 누구도 그 고통스러운 상황에 대해서 먼저 투정하지 않았다. 아니, 투정하지 못했다. 날이 갈수록 눈빛에 독기가 짙어지는 동수 형님의 지시를 따르다 보면 다른 생각을 할 엄두조차 나지 않았다.

지금만 해도 거동조차 제대로 하지 못하고 점점 야위어가는 보석 형님을 바라보는 그 눈빛이 어찌나 싸늘한지 볼 때마다 소름이 돋았다.

동수 형님은 내가 자신을 지켜보고 있다는 사실을 눈치챌 때면 최대한 인자한 표정을 지어 보였지만, 나는 이미 그가 무슨 생각을 하는지 눈치채 버렸다.

하지만 역시 나는 아무런 말도 하지 못했다. 당장 이 험난한 정글에서 그가 없이 살아남는다는 것은 생각할 수 없었다.

그저 그의 싸늘한 눈초리가 나를 향하지 않기를 간절히 바라며 손이 부르트고 찢어지도록 그가 시키는 일을 해야 했다.

그러던 어느 날이었다. 나는 의도치 않게 나 감독과 동수 형님의 대화를 엿들을 수 있었다. 그리고 내가 그들의 이야기를 엿들은 그날 동수 형님과 나 감독은 보석 형님이 사라졌다고 했다.

음식조차 제대로 씹지 못해 쇠약해질 대로 쇠약해진 그가 대관절 무슨 기운이 있어 이 험난한 정글을 헤치고 사라졌다는 말인가.

하지만 일식 형님과 나는 아무런 말도 할 수 없었다. 만약 여기서 따지고 들었다가는 그다음 차례는 우리가 될 것만 같은 두려움 속에서 우리는 입을 꾹 다물었다.

한심하게도 꽤나 오랜 시간이 지났음에도 불구하고 우리는 여전히 어미 새를 기다리는 새끼 새처럼 동수 형님이 구해다 주는 식량과 식수를 기다리는 것밖에 할 수가 없었다.

당장 본인이 식수와 식량을 얻는 방법을 알려주지 않는 바에야 서울 촌놈인 우리가 할 수 있는 게 없었다.

비단 그런 이유가 아니라도 어느 순간부터인가 우리 중에서 동수 형님의 말을 거부할 수 있는 사람은 없게 되었다.

저 성격 까칠한 나 감독마저도 이제 와서는 손을 비벼대며 동수 형님의 비위를 맞춘다고 용을 쓰는 판국이었다.

나 역시 마찬가지였다. 애초부터 동수 형님에게 정면으로 뭐라 할 깜냥도 안 되는 나였지만, 내가 그의 말을 무조건적으로 따르게 된 것은 보석 형님이 사라진 그날 밤 동수 형님의 모습을 보았기 때문이다.

별조차 보이지 않는 새까만 하늘 아래 홀로 선 동수 형님은 홀로 끊임없이 무어라 중얼거리고 있었다.

처음에는 그도 우리처럼 스트레스가 심하구나 생각했지만 그는 마치 누군가와 대화를 나누기라도 하듯 입을 쉴 새 없이 놀렸다.

두려웠다. 지금 이 순간 의지할 수 있는 유일한 사람이 그렇게 미쳐 간다는 사실이. 그래서였을 것이다. 나답지 않게 동수 형님을 위로한답시고 말을 건 것은.

그리고 나는 보았다.

어둠 속에서 빛나는 노란 눈동자를.

"어? 왜 나와 있어? 들어가. 내일부터는 더 힘들어질 거야."

내 영혼을 꿰뚫어 본 듯한 서늘한 눈빛은 순식간에 사라졌지만, 나는 그의 말에 도망치듯 텐트 속에 몸을 숨겼다. 그 뒤로도 그는 한참 동안 텐트로 돌아오지 않았다.

깊이 잠든 일식 형님과 나 감독을 깨워 볼까도 했지만 나는 이내 포기하고 말았다. 어차피 말해봐야 바뀌는 것은 없었다. 그들 역시 나와 다르지 않았다.

어떤 이유에서든 동수 형님을 따르지 않고서는 이 험난한 정글을 살아갈 수가 없는 이들이었다.

나는 말수가 점점 줄어갔다. 아니, 나뿐만이 아니었다. 그나마 간간이 입을 열던 나 감독마저도 어느 순간 동수 형님의 말에 대답할 때를 제외하고는 입을 꾹 다물었다.

식량도, 식수도, 그리고 언제 어디서 나타날지 모르는 이 밀림의 포식자도 우리를 너무도 지치게 만들었다. 정신적으로도 육체적으로도 슬슬 한계에 다다르고 있었다.

설상가상으로 비가 내리기 시작했다. 뒤늦게 장작을 텐트 안으로 옮기고 텐트가 빗속에 잠기지 않도록 도랑을 파고 이런저런 조치를 취했지만 빗발은 거세기만 했다.

당장 텐트는 비바람에 쓸려갈 듯 휘청거렸고, 기껏 파둔 도랑은 끈적끈적하게 바닥을 적신 비로 보이지도 않았다.

식량을 구하러 나간다는 것은 상상조차 하지 못했다. 그나마 허기를 참고 비축해 둔 식량이 있어서 버틸 수 있었지만, 익히지도 않은 날고기 따위를 먹는다는 것은 정말 상상 이상으로 고통스러웠다.

그나마 위안거리라고는 아마존에 조난된 이후 내내 시달리던 갈증에서 벗어날 수 있었다는 것 정도이다.

하루 종일 텐트 속에 웅크리고 앉아 있다 보니 별의별 생각이 다 들었다. 그리움, 후회, 두려움, 죽음에 대한 생각, 오만 잡생각 속에서 나는, 아니, 우리는 모두 지쳐갔다.

게다가 날이 갈수록 날카로워지는 동수 형님의 눈빛이 이제는 한 마리 짐승과도 같아졌다. 그 섬뜩한 눈빛이 나를 훑어갈 때면 나는 잠도 자지 못하고 내내 뜬눈으로 밤을 지새워야 했다.

도대체 무얼 두려워하는지 나 스스로도 인식하지 못했다. 그저 그 섬뜩한 눈빛이 닿을 때마다 무언가 끔찍한 망상이 떠오르고는 했다.

그쯤 되고 나니 차라리 그때 조감독 일행을 따라가야 했나 하는 후회가 들었다.

하지만 이미 때는 늦었다. 당장 이 빗속을 뚫고 그들을 찾아갈 자신도 없거니와 정작 그들이 살아 있는지조차 확신할수 없었다.

그렇게 텐트 속에서 사람 같지도 않은 생활을 한 게 며칠이었을까. 동수 형님이 우리를 모아두고 얘기했다.

"식량이 다 떨어졌어. 물만 먹고 살 수는 없잖아? 그러니

수를 내야 해."

그 순간 나는 정말 온몸에 소름이 돋았다. 그 뒤로는 그가 무슨 말을 했는지조차 기억나지 않았다.

다만 정신을 차렸을 때는 일식이 형님이 동수 형님을 따라 사냥을 가고 난 후였다. 아무런 장비도 없이 거센 빗발을 뚫고 어떻게 사냥을 해오겠다는 것인지는 중요하지 않았다.

그때의 내게 중요한 것은 이 텐트 속에 동수 형님이 없다는 사실이었다.

입 밖으로 꺼내지는 않았지만 나 감독 역시 나와 마찬가지 심정인 듯했다.

우리는 그날 오랜만에 편히 잠을 잘 수가 있었다. 물론 동수 형님은 그리 오래 지나지 않아 돌아왔고, 우리는 찰나의 휴식을 접어야 했지만.

놀랍게도 돌아온 동수 형님의 어깨에는 꽤나 큼직한 짐승이 메어 있었다.

사슴도 아닌 것이 그렇다고 또 다른 무엇도 아닌, 난생처음 보는 동물을 사냥해 온 그는 우리가 보는 앞에서 작은 나이프로 짐승을 해체했다.

태어나서 처음 보는 구역질나는 장면이었지만 나는 욕지기를 느낄 겨를도 없었다. 그저 말없이 동물의 사체를 해체하는 동수 형님의 등을 지켜볼 수밖에 없었다.

망상이 머릿속을 지배했다. 끔찍하고도 두려운 망상 속에서 나는 눈을 떼지 못하고 흥건하게 피가 고이고 역겨운 고깃덩어리가 분리되는 것을 지켜보아야 했다.

그리고 그날 나는 몇 번이나 토악질을 해가며 동수 형님이 내민 날고기를 씹어야 했다. 입안에 퍼지는 그 비릿한 혈향과 구역질나는 날고기 냄새, 그리고 가장 끔찍한 것은 물컹물컹한 감촉이었다.

입안에서 으깨지는 날고기를 씹으며 나는 눈물을 흘렸다. 하지만 살기 위해서는 날고기를 씹어야 했다.

그것이 허기로부터 벗어나기 위해서인지 그도 아니면 또 다른 무엇 때문인지는 알 수 없었지만 나는 이를 악물고 턱을 놀려댔다.

너무도 큰 스트레스를 받은 탓일까. 나는 그날 악몽을 꾸었다. 꿈속에서 나는 오후에 본 짐승이 되어 있었다. 무력하게 바닥에 널브러져 있고 날붙이가 가죽을 벗겨내고 배를 갈랐다.

그리고 마치 가위에라도 눌렸다 일어난 사람처럼 소스라치며 잠에서 깨어난 나는 끔찍한 장면을 보아야 했다.

어둠 속에서 너무도 게걸스럽게 텐트 한구석에 놓인 날고기를 우걱우걱 먹고 있는 동수 형님을 보았다. 그는 세상에 다시없는 진미라도 즐기는 듯 정신없이 그 구역질나는 고깃덩어리를 씹고 뜯어댔다.

나는 나도 모르게 신음을 내뱉었다. 그리고 그 순간 끔찍한 식사를 하고 있던 동수 형님의 눈이 나를 향했다. 일전에 내가 본 것이 거짓이 아니었다. 그의 눈동자가 어둠 속에서 노랗게 빛나고 있었다.

"왜, 더 자지?"

그는 너무도 천연덕스럽게 나에게 물었다. 어둠 속에서도 선명하게 보이는 피 칠갑을 한 얼굴이 너무도 끔찍했다. 그의 말에 내가 뭐라고 대답했는지는 기억이 나지 않았다.

그저 내 대답에 그가 말간 눈동자로 한참이나 나를 쳐다보았다는 사실만이 기억에 남았을 뿐이다.

그 뒤로부터 나는 도통 잠을 잘 수가 없었다. 눈을 감으면 동수 형님이 내 목덜미를 콱 하고 물어뜯을 것만 같은 공포 속에서 나는 하루하루 지쳐갔다. 하지만 나는 한계에 달한 심신을 드러낼 수가 없었다.

보석이 형님이 어떻게 버림받았는지 그 누구보다 더 잘 알고 있는 나였다. 지독스러운 비가 계속될수록 어딘지 모르게 위험한 냄새를 풍기는 동수 형님을 보며 나는 버티고 또 버텼다.

점점 그의 눈초리가 끔찍해졌다. 처음에는 말간 눈으로 말없이 우리를 지켜보던 눈동자가 어느 순간부터 기이한 열기로 일렁이기 시작했다.

차마 무엇인지 추측하기조차 두려운 그 열기에 나를 포함한 사람들은 미칠 것 같았다. 그리고 그 눈빛에 담긴 열기가 조금씩 더 노골적이 되어가다가 끝에 가서는 마주치는 순간 오줌이 찔끔 나올 정도로 끔찍스러운 무언가가 되었다.

흡사 그는…….

좁디좁은 텐트 속에서 나 감독과 나, 일식 형님은 행동을 함께하기 시작했다.

그전까지만 해도 개별적으로 처리하던 용변마저도 우리는 마치 계집애들처럼 함께해야 했다.

동수 형님은 우리가 자신을 경계한다는 것을 눈치챈 듯했지만 별다른 내색은 하지 않았다. 그래서 더욱 끔찍했다. 그는 우리를 철저하게 눈 아래로 보고 있었으니까. 마음만 먹으면 언제든지…….

그렇게 우리는 미쳐갔다. 우리가 미친 것인지 동수 형님이 미친 것인지는 알 수 없었지만 하나만큼은 확실했다. 우리 모두 정상은 아니었다.

그때 구조대가 우리를 발견하지 않았다면 우리는 어떻게 되었을까.

그대로 미쳐 버린 채 아마존에서 끔찍한 최후를 맞이했을까, 그도 아니면 또 다른 끔찍한 끝을 보게 되었을까.

*　　　*　　　*

"그렇게 서울로 돌아온 이후 저는 동수 형님이 있는 곳이라면 근처에도 가지 않았어요. 일식이 형님은 그 당시의 스트레스가 너무 컸는지 일도 그만두고 연락이 두절됐고, 나 감독은 그대로 동수 형님하고 쭉 어울린 모양이더라고요."

평소의 가벼운 모습은 온데간데없고 무거운 어조로 이야기를 마무리하는 김우영을 보며 장택근을 비롯한 사람들은 복잡한 얼굴을 해보였다.

신고식으로 이야기나 풀어보라 했더니 생각 이상으로 무겁고 끔찍한 이야기였다. 먼저 제안을 한 진재영이 어딘지 모르게 미안한 표정으로 입을 벙긋거리다가 이내 다물었다.

"어쨌든 저는 지금 살아 있고, 여기 있습니다!"

분위기가 지나치게 무거워졌다는 사실을 깨달은 모양인지 김우영이 애써 밝은 표정으로 말을 해보았지만 사람들은 쉽사리 무거운 공기를 떨쳐내지 못했다.

"근데 지금 제가 궁금한 건 제가 정말 미쳤었나 하는 거예요. 분명 저는 몇 번이나 봤거든요. 동수 형님이 이상한 행동을 하는 거."

짐짓 가벼운 투로 이야기하던 그가 고개를 갸웃거렸다.

"어차피 뭐 이제 와서는 상관없지만, 동수 형님 지금 정신병원에 있다면서요. 다 나아도 바로 감옥에 들어가야 한다던데."

지난 기자회견을 통해 그가 혐의를 증언한 덕분에 차동수와 나윤섭은 살인 및 시체 유기를 포함한 여러 가지 죄목으로 형을 선고받았다.

"뭐, 제 얘기는 여기까지입니다."

김우영이 호들갑스럽게 자리에서 일어나 사람들의 잔을 채워주고는 건배를 외쳤다. 마지못해 그의 장단에 맞춰주느라 억지웃음을 띤 일행이 마주 잔을 내밀었다.

장택근 역시 어두운 얼굴로 잔을 내미는데 그 표정이 어딘지 모르게 다른 이들과 달랐다.

아무래도 본인이 겪은 일이 있던 탓인지 다른 이들보다 배는 심각한 얼굴의 그가 슬쩍 이지원과 여자들을 쳐다보았다.

이상했다. 김우영의 이야기도 이야기였지만 지금 이 순간 그는 공허했다.

아까 전부터 바짝 붙어 앉은 이지원이 품에 안기다시피 그에게 기대고 있었지만, 그는 그녀로부터 아무런 온기를 느낄 수가 없었다.

진재영과 윤신애는 어떠한가. 그녀들의 모습이 마치 안개 너머에 있는 것처럼 희미하게 느껴졌다. 오직 김우영만이 살아 숨 쉬고 있다는 느낌이 들었다.

그 순간 그는 벼락이라도 맞은 것처럼 온몸을 떨었다. 악몽 속에서 보았던 마지막 얼굴이 선명하게 떠올랐다.

"그쪽도 고생 많이 했구나. 사실 우리는 택근이 덕분에 크게 고생이라고 할 것도 없었어."

웃는 낯으로 말하는 진재영과 그녀의 말에 장단을 맞추는 윤신애의 모습이 눈동자 안에 가득 담겼다.

그는 이상할 정도로 차갑게 느껴지는 이지원의 정수리를 바라보았다. 그녀가 시선을 느꼈는지 천천히 고개를 돌렸다. 눈이 마주치자 곱게 보조개를 만들며 웃어 보이는 그녀의 모습에 장택근은 온몸에 소름이 돋았다.

"왜?"

이지원이 그런 장택근의 표정이 이상해 보였는지 미소를 거두고 의아한 표정으로 고개를 갸웃거렸다.

2장

검은 그림자

심장이 입 밖으로 튀어나올 것처럼 벌컥거리며 뛰어댔다.

이지원 특유의 새까만 눈동자가 오늘따라 불길하게 느껴졌다.

아무런 대답도 없이 자신이 바라보고만 있자 그녀의 얼굴에 걱정스러운 기색이 떠올랐다.

"왜 이렇게 얼굴이 창백해?"

뺨이라도 어루만져 줄 모양인지 그녀가 새하얀 손을 내뻗어오는데 그 모습에 화들짝 놀란 장택근이 몸을 뒤로 뺐다.

"아냐."

잠깐 사이에 탁하게 쉬어버린 음성으로 대답하니 이지원이 테이블 위의 음료수를 집어 건네주었다. 갑작스러운 그의 행동에 무안할 만도 하련만 그녀는 크게 개의치 않는 모습이었다.

무언가 부자연스러웠다. 하지만 그는 일단 그녀가 건네준 음료를 벌컥벌컥 들이켰다. 차가운 액체가 목구멍을 타고 흘러내려 갔다. 온몸에 차가운 기운이 돈다. 그렇게 음료를 완전히 다 비우고 나자 그나마 정신이 조금은 돌아오는 느낌이다.

장택근은 자신에게서 시선을 떼고 진재영과 윤신애를 바라보는 그녀의 정수리를 바라보았다.

꿈속에서 본 그림자는 왜 그녀의 형상을 하고 있었을까. 그리고 지금 이 순간 자신이 느끼는 위화감은 대체 무엇일까.

드러날 듯 드러나지 않는 무언가가 마치 안개 속에 가려진 것처럼 실체가 보이지 않았다.

"형, 형이 좀 이야기해 봐. 형네는 어땠어?"

김우영의 말에 그는 흠칫 놀라 고개를 돌렸다.

"어? 형, 어디 아파? 얼굴이 꼭 시체 같아."

여전히 가볍기만 한 그의 언사에 장택근이 미간을 찌푸리다가 소스라치게 놀랐다.

시체 같아? 내가?

왠지 모르게 머릿속을 울려대는 시체라는 단어에 그의 얼굴이 더욱더 하얗게 질려 버렸다. 이제는 다른 여자들까지 슬슬 그가 걱정되는지 신나게 떠들어대던 입을 다물고는 그를 바라보았다.

장택근은 몸을 떨었다. 자신을 바라보는 네 쌍의 눈동자가 너무도 불편했다. 투명한 유리알처럼 번들거리는 그녀들의 눈동자를 바라보던 그가 결국 김우영에게 시선을 고정했다.

"아냐. 괜찮아."

그래도 생기 넘치는 김우영의 눈동자를 마주하니 차갑게 식어 내리던 몸이 조금은 나아지는 기분이었다.

"얼굴이 안 좋은데, 형? 촬영하면서 완전히 맛이 갔나 본데?"

걱정인지 놀리는 것인지 알 수 없는 애매한 소리를 늘어놓는 그에게 인상을 써준 장택근이 입을 열었다.

"아냐. 그냥 조금 피곤했나 봐."

그렇게 말을 돌리면서도 자신을 바라보는 세 쌍의 시선이 너무도 부담스러워 그는 자꾸만 시선을 피했다.

"우울한 이야기는 그만하고 술이나 마시자."

여전히 눈을 김우영에게 고정한 채로 술잔을 들어 올리니 여기저기에서 하얀 손이 튀어나와 잔을 맞부딪쳤다.

"그래, 오늘은 먹고 죽자!"

진재영의 쾌활한 음성을 한 귀로 흘리며 그는 단숨에 술잔을 들이켰다. 목구멍을 지질 듯 뜨거운 액체가 들어오자 그는 약간이나마 온몸을 엄습하는 한기를 덜어낼 수 있었다.

그 조금의 온기라도 부여잡겠다고 그는 다시 잔을 채우고 술을 들이켰다.

"뭘 그렇게 급하게 마셔. 무슨 일 있어?"

그렇게 석 잔째인가 잔을 비우고 다시 술을 채워 넣는데 그의 손을 잡아오는 손길이 있었다. 애써 시선을 술잔에 고정한 그가 태연을 가장하고 대답했다.

"아니야. 그냥 좀 마시고 싶었어."

스스로 생각해도 되도 않는 변명이었지만, 그녀는 선선히 그의 손목을 풀어주었다.

"그럼 같이 마셔."

그렇게 말한 그녀가 자신의 잔에 술을 가득 채웠다.

"그래."

짧게 대답하고는 술잔을 들이켜려는데 다시 한 번 그녀가 그를 잡았다.

"보면서 같이 마시자고."

그녀의 말이 단호했다. 마른침을 삼킨 그가 다시금 뛰어대는 심장을 애써 억누르며 고개를 돌렸다.

어?

그런데 무언가 이상했다. 방금 전까지만 해도 그렇게나 불편하던 이지원의 눈동자가 평소와 다름이 없었다. 새까만 눈동자 가득 걱정을 담고 자신을 바라보는데 이번에는 따뜻한 온기가 그대로 전해져 왔다.

눈을 비비고 다시 그녀를 바라보았다. 하지만 그녀의 따뜻한 시선은 전혀 변하지 않았다.

고개를 돌려 진재영과 윤신애를 바라보니 표를 내지 않으려 애를 쓰지만 걱정스러운 기색이 가득한 눈동자가 그녀의 그것처럼 따뜻한 빛을 띠었다.

자신이 취한 것인지, 아니면 방금 전에는 단지 자신이 과민했을 뿐인지 도저히 구분할 수가 없었다.

얼떨떨한 얼굴로 그녀들을 바라보며 잔을 내미니 갈색 액체가 담긴 술잔들이 부딪쳐 왔다.

쨍 하는 그 맑은 소리에 덩달아 그의 정신이 맑아졌다.

"진짜 피곤하긴 했나 봐. 얼굴이 퀭하네, 아주."

이지원이 다정한 얼굴로 그의 뺨을 쓰다듬자 진재영이 우웩 하며 과장스런 제스처를 취했다. 몇 번이나 헛구역질을 하는 시늉을 하던 그녀가 문득 생각났다는 듯이 물었다.

"아, 택근아. 너 요즘 안 먹지?"

장택근이 영문을 몰라 눈을 껌벅거리자 그녀가 슬쩍 김우영의 눈치를 살피더니 다시 물었다.

"약 말이야, 약."

그제야 그는 진재영이 말하는 약이 무엇인지 깨닫고는 고개를 끄덕였다.

"그게 언젠데요. 안 먹어도 돼요."

"음, 그래?"

그의 대답에 그녀가 미간을 찌푸렸다. 워낙에 그의 대답이 단호한 탓에 더는 말을 잇지 못하고 몇 번이나 주변의 눈치를 살피다가 그녀가 한숨을 내쉬었다.

그 모습을 보며 장택근은 문득 생각했다. 정말로 자신이 정상이 아닌가. 비록 돌려서 말하기는 했지만 그녀는 PTSD를 의심하고 있는 듯한 기색이었다.

하기야 그녀는 아마존에서도 유독 자신의 말을 믿지 않았다. 서울에 돌아오고도 한참이 지난 지금 그녀가 자신의 말을 믿어줄 리가 없었다.

"그러지 말고 그때 이야기나 해줘요."

왠지 모르게 끼어들기 힘든 분위기에 한참 눈치를 살피던 김우영이 호들갑스럽게 말했다. 그 방정맞은 음성에 무겁게 가라앉아 있던 공기가 조금은 가벼워졌다.

"무슨 얘기. 대충 다 얘기했잖아."

장택근이 이제는 평소와 다름없는 음성을 되찾고는 한마디 툭 내뱉으니 그가 고개를 저었다.

"아니, 그렇게 재미없게 말고 진짜 실감나게. 형은 완전 이 랬다 저랬다, 그리고 돌아왔다, 이렇게만 말했잖아요. 그게 뭐야."

재미로 말하기에는 너무도 끔찍한 기억이라 그리 두루뭉 술하게 말한 것인데, 김우영의 입장에서는 뭔가 뒤에 숨겨진 이야기가 있다고 판단한 모양이었다.

"됐고, 그건 나중에 차차 듣고 술이나 더 먹자. 여기 하나 더 시킨다?"

언제 비웠는지 텅 빈 술병을 손에 들고 진재영이 김우영을 타박했다.

아무래도 방금 전까지만 해도 공황증은 아닌지 의심이 들 정도로 어딘가 불안해 보이던 장택근의 상태를 감안해 화제를 돌린 것이다.

그런 그녀의 태도에 김우영이 다시 한 번 입을 열려다가 진재영이 구둣발로 발끝을 사뿐히 지르밟자 끄악 하고 비명을 지르며 난리를 피워댔다.

장택근은 그 모든 광경을 눈에 담으며 쓴웃음을 지었다.

그라고 왜 모르겠는가. 방송가를 전전하며 눈칫밥을 먹은 세월이 얼만데. 지금 진재영이 애써 화제를 돌리고 있다는 사실을 깨닫고는 복잡한 심정이 되었다.

고마우면서도 그녀의 유난스러운 배려가 꼭 자신을 환자 취급하는 것 같았다.

"오늘은 좀 일찍 끝낼까? 같이 들어갈래?"

이지원이 오늘따라 유독 그에게 달라붙었다. 품에 안기듯이 그의 몸에 기댄 그녀가 고개만 쳐들고는 양손으로 그의 양뺨을 잡았다.

오똑한 콧날과 투명한 눈매, 새빨간 입술이 잡티 하나 없이 깨끗한 얼굴 안에서 조화롭기만 하다. 그 매력적인 얼굴을 바라보며 장택근은 고개를 갸웃거렸다.

닮았다. 분명 자신이 꿈에서 본 그것과 닮았다. 아까까지만 해도 소름이 끼칠 정도로 닮은 얼굴이라 꼭 꿈속의 '그것'과 이지원이 완전히 같은 존재라는 생각마저 들 지경이었다. 하지만 지금 와서 보니 어딘지 모르게 다른 구석이 있었다.

"아냐. 오랜만에 모였는데 더 있지. 근데 말이야."

한참을 고민하던 그가 결국 입을 열었다.

사실은 누구에게 하기 뭐한 이야기라 미친놈 소리라도 듣지 않으면 다행이라 여긴 이야기이다.

그런데 자꾸만 이상한 일이 반복되고 김우영의 이야기를 듣고 보니 아무래도 자신이 겪은 일들이 그저 그에게만 한정

된 이야기 같지가 않았다.

마침 자리도 마련이 되었으니 그가 용기를 내어보았다.

"얼마 전에 이런 일이 있었어."

그렇게 이야기를 시작한 그가 아마존을 떠나 자신이 겪어온 일을 하나하나 늘어놓기 시작했다.

진재영과 윤신애, 그리고 이지원까지 모두가 아마존에서 동고동락하며 볼 것, 못 볼 것 서로 다 본 사이다. 이제 와서 굳이 자신의 이야기를 숨길 필요가 없었다.

김우영이 마음에 걸리기는 했지만 그 역시 아마존에서 무언가 석연치 않은 일을 겪은 적이 있으니 마냥 헛소리로 치부하지는 않으리라.

진재영과 윤신애가 심각한 얼굴로 그의 이야기에 귀를 기울였다.

중간중간에 몇 번이나 입을 벙긋거리는 게 무언가 할 말이 있는 모양이었지만 그녀들이 이내 입을 다물어 버린 탓에 그 이야기가 무엇인지는 알 수 없었다.

하지만 이것 하나만큼은 확실했다. 그녀들이 그의 이야기를 미친놈의 헛소리라고 마냥 흘려듣고 있지만은 않다는 것이다.

이미 장택근에게 대부분의 이야기를 들은 이지원이야 당연히 말할 것도 없었다. 다만 그녀도 가장 최근에 그가 꾼 악몽과 오늘 있던 일은 처음 듣는지라 눈을 동그랗게 뜨고는 놀란 얼굴을 해보였다.

"그래서 아까 내가 그렇게 놀랐던 거야. 솔직히 뭐랄까, 우영이만 빼고는 다 어딘지 모르게 되게 이상하게 느껴졌거든. 말이 되지 않겠지만 꼭 눈앞에 있어도 없는 사람처럼 그렇게 느껴졌어."

이야기를 끝낸 그가 조심스럽게 사람들의 눈치를 살폈다.

진재영과 윤신애가 창백해진 얼굴로 그를 바라보고 있는데, 눈빛이 어딘지 모르게 복잡한 빛을 띠고 있었다. 이지원이야 무슨 생각을 하는지 알 수 없는 얼굴로 그저 묵묵히 술을 비우고 있을 뿐이다.

가장 의외인 것은 김우영이었다. 비웃지나 않으면 다행일 거라 생각한 그였건만 평소의 유들유들한 얼굴은 어디 가고 잔뜩 어두워진 얼굴로 무언가 할 말이 있는지 자꾸만 입을 오물거리고 있었다.

"말해. 미친놈이라고 해도 좋으니까 할 말 있으면 해."

장택근이 잠깐 사이에 쉬어버린 목소리로 김우영에게 말하니 그가 고개를 세차게 저었다.

"그게 아니라, 형."

그렇게 말을 꺼내고도 잠시 망설이던 그가 다시 입을 열었다.

"혹시 우리 그때 촬영팀 중에서 아마존에서 돌아온 다른 사람들 이야기 들은 것 있어?"

그의 말에 장택근은 머리를 한 대 얻어맞은 것처럼 멍해져 버렸다.

"일식이 형도 그렇게 일 그만두고 나서 도통 연락이 안 되고, 나 감독, 차동수 빼고는 여기 있는 사람들 말고 연락되는 사람 있느냐고."

까맣게 잊고 있었다. 그때는 그렇게나 죽고 못 살 것처럼 붙어살던 오지형 카메라 감독과 다른 스태프들의 존재를 완전히 잊고 있었다.

아무리 사는 게 바빴다 할지라도 한 번은 연락할 생각이 들었을 텐데 이상할 정도로 그는 그들에 대한 생각을 떠올릴 수가 없었다.

게다가 그간 자신에게 오죽 일이 많았던가. 매스컴을 탄 것만 벌써 두세 번이다. 다른 사람이라면 몰라도 평소 친형제처럼 지내던 오지형 감독이라면 자신에게 한 번쯤은 연락이 와야 했다.

하물며 불미스러운 일에 휘말려 방송국에서 내쳐지던 그 순간에도 그는 연락이 없었다.

"그리고 이 중에서 솔직히 밤에 잠 제대로 자는 사람 있어?"

김우영이 그렇게 말하며 이지원과 진재영, 윤신애를 바라보니 그녀들이 어두운 얼굴로 시선을 피했다.

　짙게 그림자가 깔린 여자들의 얼굴을 보며 장택근은 현기증을 느꼈다.

　한 번도 생각해 보지 못했다. 자신뿐만 아니라 다른 사람들에게도 비슷한 일이 벌어지고 있었다니 연이은 충격에 머리가 멍해졌다.

　혼란스러운 정신을 간신히 부여잡은 그는 휴대폰을 꺼내들었다. 그리고 휴대폰 어딘가에 저장되어 있을 오지형 감독의 전화번호를 찾았다. 늘 봐오던 액정 속의 전화번호부가 오늘따라 생경하게 느껴졌다.

　어딘지 모르게 어색한 손동작으로 오지형의 전화번호를 찾아낸 그가 한참을 망설이다 통화 버튼을 눌렀다.

　통화 연결 중이라는 안내 문구가 화면에 떠오른 그 잠깐의 시간 동안 그의 머릿속으로 오만 가지 생각이 스쳐 갔다.

　바짝 마른입에 헛기침을 하며 목소리를 가다듬는데 기계음성이 들렸다.

　ㅡ지금 거신 전화는 없는 번호이오니 다시 확인하여 주시기 바랍니다.

　무미건조하기만 한 안내 멘트에 그는 찢어질 듯 눈을 부릅떴다. 휴대폰에서 귀를 떼고 다시 한 번 번호를 확인했다.

—지금 거신 전화는 없는 번호이오니 다시 확인하여 주시기 바랍니다.

하지만 휴대폰 너머에서 들려오는 소리는 여전히 딱딱한 안내 멘트뿐이었다.

"왜? 전화 안 받아?"

조마조마한 얼굴로 장택근이 전화하는 모습을 지켜보고 있던 진재영이 물었다. 그는 그녀의 말에 한참이나 대답을 않다가 다시 휴대폰을 집어 들었다.

"형, 난데요. 혹시 오지형 카메라 감독님이라고 알아요? 전에 아마존에 촬영 갔던 팀인데. 네? 네. 전화번호가 바뀌었는지 없는 번호라고 나와서. 급한 건 아닌데 빨리 알았으면 좋겠어요. 네, 기다릴게요."

짧게 통화를 마친 그가 휴대폰을 테이블 위에 올려두고는 마치 필생의 대적이라도 보듯 노려보았다. 그런 그의 모습에 김우영과 여자들의 얼굴이 더욱 어두워졌다.

"저도 일식이 형님한테 전화해 봤는데 안 받더라고요. 그나마 최근에는 다른 사람이 전화를 받고."

김우영의 말에 윤신애와 진재영도 휴대폰을 붙잡고는 어딘가로 전화를 했다.

"없는 번호래."

진재영의 말에 사람들이 실망한 얼굴을 해보이는데, 윤신애는 아직도 휴대폰을 붙들고 있었다.

"신호 가요."

그녀의 말에 사람들의 얼굴이 조금이나마 밝아졌다.

"여보세요? 정승현 씨 휴대폰 아닌가요? 아, 네. 아, 죄송합니다."

윤신애가 조마조마한 얼굴로 전화를 하더니 이내 죄송하다고 말하며 실망한 표정이 되었다. 그 모습을 보고는 실낱같은 희망이라도 간신히 부여잡고 있던 사람들의 얼굴이 순식간에 일그러졌다.

"그럼 이제 남은 건 연락이 오길 기다리는 수밖에 없네."

장택근이 지독스러울 정도로 낮게 가라앉은 음성으로 말하자 사람들이 입을 다물고는 테이블에 놓인 그의 휴대폰을 노려보았다.

그렇게 시간이 얼마나 흘렀을까. 침묵이 눌어붙은 듯한 숨막히는 공기에 사람들이 졸도할 지경이 되었을 즈음 휴대폰이 드르륵거리며 몸을 떨었다.

사람들이 일제히 움찔거리며 몸을 앞으로 내미는데 장택근이 손가락 하나를 세워 입에 대 보이며 휴대폰을 집어 들었다.

"네, 형."

─알아봤는데 말이야.

장택근의 통화가 한참이나 이어졌다.

"네, 형. 고마워요."

무거운 음성으로 통화를 종료한 그가 김우영을 비롯한 사람들을 바라보았다.

"왜? 뭐래?"

"연락처 받으셨어요?"

그새를 못 참고 재촉을 해대는 진재영과 윤신애를 보며 장택근이 잠시 숨을 가다듬는가 싶더니 통화 내용을 늘어놓았다.

"수소문해 봤는데… 기존 연락처는 서비스 해지가 됐는지 없는 번호라 나온대요. 그리고 따로 연락 가능한 번호가 있는 건 아닌가 봐요."

무엇을 기대하고 무엇을 두려워하는 것일까. 그의 한마디에 사람들의 얼굴에 짙은 그림자가 깔렸다.

"그리고 아마존에서 돌아온 지 얼마 안 돼서 건강상의 문제로 일 그만두고 시골로 내려갔대요. 작품을 찍는 도중에 그렇게 내려가서 방송국에서도 딱히 다시 찾거나 하진 않은 모양이에요. 그래서 지금은 연락처를 아는 사람이 없다네요."

그렇게 말한 그가 고개를 흔들며 몸을 휘청거렸다.

무언가 불길한 예감이 들었다. 책임감 강하기로는 둘째가라면 서러워할 오지형이 작품을 촬영하는 도중에 하차했을 정도면 필시 심상치 않은 일이 있었을 것이다.

그것이 정말로 건강상의 문제인지 아니면 다른 일인지는 알 수 없지만 그는 애써 좋지 못한 망상을 털어냈다.

"지원이 너는 들은 거 없어? 너도 오 감독님이랑 친했잖아."

혹시나 하는 생각에 물으니 역시나 이지원마저 고개를 저어 보였다.

"평소 딱히 연락하고 지내는 사이는 아니었어. 알잖아, 내 성격."

그녀의 대답에 장택근이 끄응 하고 앓는 소리를 내뱉었다. 평소 안부차 연락을 한다든지 하는 행동하고는 거리가 먼 그녀인지라 저리 말하니 뭐라 할 말이 없었다.

"그럼 정리를 해보자. 지금 뭐가 어떻게 돌아가고 있는 건지 도대체 머리가 아파서 도통 무슨 일인지를 모르겠다."

다들 말을 잃은 채 망연자실하게 있으니 진재영이 한숨을 쉬며 사람들에게 말했다.

"각자 겪은 일이 있으면 말해봐. 그리고 혹시나 해서 말하는데 지금 와서 미친 소리라고 할 사람은 없지?"

좀 전까지만 해도 장택근을 강박증으로 몰아세울 기세이던 그녀가 가장 적극적이었다.

"나는 일단 불면증이야. 악몽도 자주 꾸고, 신경과민인지 평소에도 망상이나 그런 것 때문에 화들짝 놀랄 때가 있어. 덕분에 몇 년 동안 꾸준히 약을 먹는 중이기도 하고."

어쩐지 약에 관해 물어보더니 정작 본인부터 약물의 도움을 받고 있었던 모양이다.

"저는… 환상 같은 것도 좀 봤고요, 그리고 다들 아시다시피 좀 힘들었어요. 근래에는 좀 덜해졌지만 그래도 가끔씩 헛것도 좀 보고. 기가 약해져서 그런 것 같다고 집에서 보약을 해서 보내고 그러는데……."

윤신애가 조심스럽게 자신의 이야기를 꺼내 들었다. 지난 자살 미수 사건을 떠올린 사람들이 그녀의 말에 고개를 끄덕였다. 어떻게 보면 이 중에서 가장 심각한 후유증에 시달린 이가 그녀였다.

"그때는 제가 아니었어요. 뭔가 이상한 행동도 하게 되고, 누군가가 막 등을 떠미는 것 같았고. 그리고 실제로 환상에 시달렸어요."

한번 봇물이 터지자 사람들이 앞다투어 자신의 이야기를 늘어놓았다.

다른 곳에서라면 미친 소리라고 매도당했을 얘기지만 지금 이 자리에 있는 사람 중 어느 누구도 상대를 비웃거나 매도하는 이는 없었다.

"음, 나는 그렇게 막 환상을 본 적은 없는데… 맨날 가위에 눌려. 신경과민인지 종종 이상한 소리를 들을 때도 있고. 그래서 스트레스로 폭식하는 습관까지 생겼어."

김우영이 조심스레 사람들의 눈치를 살피며 말하니 진재영이 다시 이야기를 정리했다.

"일단 다들 전형적인 외상 후 스트레스 장애야. 환상과 망상, 그리고 불면증. 근데 이게 정상적이지 않다는 건 다들 알지?"

그렇게 말한 그녀가 설명을 시작했다.

"그리고 지금 이야기가 좀 겉도는데 까놓고 이야기하자고. 내가 이런 소리를 하게 될 줄은 몰랐는데, 다들 뭘 봤는데?"

그녀의 말에 한참을 떠들어대던 사람들이 일제히 입을 다물었다. 뭔가 겁에 질린 얼굴로 몸을 웅크린 그들이 오한이라도 느끼는지 몸을 떨었다.

"그림자요. 검은 그림자."

한참 만에 간신히 입을 연 윤신애가 제 말에 화들짝 놀라 몸을 웅크리더니 불안한 눈길로 사방을 훑어보았다. 불안정하게 떨리는 눈동자가 사방을 훑다가 장택근에게 고정되더니 조금은 떨림이 잦아들었다.

"나도 마찬가지야. 왜 그런 거 있잖아. 어린애들이 무서워

하는 거. 옷장이나 침대 밑, 어두운 어딘가에서 뭔가가 웅크리고 나를 쳐다보고 있는 듯한 느낌, 바로 그거야. 처음엔 그냥 신경과민인가 했는데 조금 심했어."

그녀 역시 창백한 얼굴로 자신이 겪은 일을 늘어놓고는 장택근을 바라보았다.

"악몽 속에서 검은 그림자가 나를 따라다녀. 아무것도 하지 않고 따라만 다니는데 그게 진짜 피가 말라. 깨고 나서도 하루 종일 기분이 좋지 않을 정도로 끔찍한 꿈이야."

김우영 역시 검은 그림자에 대해 언급했다. 이렇게 얘기를 털어놓고 보니 꼭 오늘의 자리가 심령학 연구회라도 된 듯한 모양새였다.

"그런데 지원이 너는 왜 아까부터 말이 없어? 너는 뭐 겪은 일 없어?"

진재영의 말에 장택근에게 쏠려 있던 시선이 단번에 이지원을 향했다. 무표정한 얼굴을 하고 있던 그녀가 자신을 향한 시선에 어깨를 으쓱했다.

"나는 좀 됐어. 서울 돌아와서 겪은 일은 없고, 아마존에서 이런저런 일을 겪었는데 서울 돌아와서는 딱히 그런 적 없어."

유독 건조하게 들리는 그녀의 음성에 사람들이 고개를 갸웃거렸다. 아마존에서 살아 돌아온 다른 사람들은 전부 이상한 현상에 시달리는데 그녀만 멀쩡하다니 이해가 가지 않았다.

하지만 본인이 별일 없다는데 뭐라 할 말도 없어 사람들은 그저 의아한 표정만 지어 보일 뿐이었다.

"어쨌든 택근이 얘기도 다 들었고, 지원이만 빼면 우리 전부 이상한 일에 시달리는 거네. 그치?"

"이거 꼭 공포영화 같지 않아요? 피라미드의 저주, 그거 보면 살아 돌아온 사람들이 나중에 다 죽잖아요. 그것도 실화라던데."

역시나 분위기가 이렇게 무거워도 김우영은 여전히 눈치 없는 소리를 지껄여 댔다. 그렇지 않아도 불안감에 휩싸여 있던 윤신애와 진재영이 그의 말에 안색이 한층 더 나빠졌다.

"그건 수천 년 동안 밀폐된 상태에서 온갖 미생물과 바이러스로 가득한 피라미드에 아무런 방비 없이 간 조사단이 감염되어서 일어난 참사잖아. 우리하고는 경우가 다르지."

팩트랍시고 늘어놓는 진재영의 말에 자신감이 하나도 없었다. 그제야 사람들의 분위기를 눈치챈 그가 아차 싶은 얼굴로 입을 다물었다.

"일단은 지금 우리가 알 수 있는 게 아무것도 없다. 그냥 이렇게 서로 말을 해봤자 무슨 심령학 동호회도 아니고 좀 그렇다. 그치?"

분위기를 환기시키기 위해서인지 진재영이 그렇게 말하고는 화제를 돌렸다.

"돌아가서 그때 돌아온 사람들을 좀 수소문해 보는 걸로 하고 오늘은 이만 할까?"

어지간히 기가 센 그녀마저도 더 이상 이야기를 나누기에는 부담스러운 모양이었다. 그녀의 말에 윤신애가 적극적으로 고개를 끄덕이고 김우영 역시 어깨를 으쓱하며 이내 다른 화제를 꺼내 들었다.

아무렇지도 않은 척 금세 서로 떠들어대는 그들의 모습이 어딘지 모르게 어색했다. 애써 태연한 표정으로 이런저런 이야기를 늘어놓아 보지만 무겁게 내려앉은 공기는 여전했다.

"그래서 말이야……."

"엑! 그게 뭐예요?"

짐짓 유쾌한 음성으로 소소한 이야기를 주고받고 있지만 그들의 시선이 이따금씩 이지원과 장택근을 스쳐 갈 때마다 그들의 눈빛에 어딘지 모르게 불안한 기색이 감돌았다.

*   *   *

김선영은 커피를 마시며 모니터를 바라보았다.

사망자 두 명을 제외하고는 전원 구조. 하지만 구조된 사람의 명단에 따뚜라는 이름은 없음. 모아족을 탐문해 봤으나 애초에 그들은 당시 촬영팀에 파견한 사람이 없음. 오히려 오랜만에 보수가 후한 일감에 기뻐하던 차에 촬영팀이 연락이 없자 굉장히 실망한 눈치임.

화면의 깜빡거리는 커서를 바라보며 그녀는 입꼬리를 비틀었다.

"이거 얘기가 재미있게 되겠어."

김선영은 장택근과의 우연한 인연이 이런 식으로 이어질 줄은 상상도 하지 못했다. 그저 워낙에 매력적인 사내라 친근하게 대한답시고 윤신애를 채근하여 〈체크메이트〉의 첫 화 방송을 같이 시청했다. 하지만 그날 그녀는 몹시 흥미로운 이야기를 들었다.

바로 안내인 따뚜에 관한 것이다. 그날 들은 이야기로는 무언가 성에 차지 않아 그녀는 작업 중이던 시나리오가 모두 마무리된 작년부터 조사에 착수했다.

작가의 감이 계속해서 말하고 있었다. 이 이야기를 잘만 파고들어 가면 이야깃거리가 될 거라고.

그렇게 강렬한 예감이 있었기에 그녀는 현지답사마저도 강행할 수 있었다. 덕분에 지금도 온몸에 그득한 벌레 물린 자국이 흉물스러웠지만 그녀는 개의치 않았다.

　막장 드라마, 주부만을 위한 판타지, 삼류 상업 시나리오 등 그녀는 지긋지긋하게 자신을 따라다니는 악명을 단번에 털어버릴 수 있는 기회를 보았다.

　〈실종자의 길.〉

　1959년에 미국의 동물학자들과 현지 안내인을 포함하여 전원 실종.

　1966년, 아마존 체험을 하던 여행객 34명 실종.

　1984년, 곤충학자와 식물학자를 포함한 대규모 탐사단 54명 실종.

　1997년, 실종자의 길에 얽힌 미스터리를 조사하던 다큐멘터리 촬영팀 19명 전원 실종.

　2009년, 아마존 생태계를 조사 중이던 호주 탐사단 17명 실종.

　조용한 방 안에 키보드를 두들기는 소리만이 들렸다. 한참을 그렇게 모니터를 노려보며 키보드를 치는데 열중하던 그녀가 흠칫 몸을 떨었다.

　이사 갈 때가 됐나. 뭔 놈의 외풍이 이렇게 세.

서늘한 공기에 그녀가 몸을 떨고는 다시 키보드를 두들겨 댔다.

이따금씩 키보드를 멈출 때면 그녀는 여지없이 강해지는 한기에 몸을 떨었지만 작업을 멈추지는 않았다.

3장

술자리

모임 이후에도 장택근의 생활은 크게 달라지지 않았다. 그저 이제껏 겪어온 기이한 일들이 자신에게만 한정된 것이 아니라는 사실을 깨달았을 뿐 여전히 사건의 실체는 짙은 안개 속에 가려져 있었다.

　　다만 사건을 해결할 열쇠를 찾는다면 이지원의 곁이 아닐까 하는 막연한 생각이 들었다.

　　이지원은 원래대로라면 비참한 최후를 맞이해야 했다. 하지만 그 자신이 미래를 바꾸어 버렸다. 다른 이들 역시 길고 긴 악몽 속 어딘가에서 끔찍한 끝을 맞이했다지만 그녀는 뭔가 특별했다.

손보석이 그녀를 덮치려 들었던 그날, 그녀는 검은 재규어를 보았다고 했다. 덕분에 사건은 미수로 끝나게 되었고, 정신을 차린 자신에 의해 손보석은 다시는 허튼 생각을 하지 못할 정도로 망가져 버렸다.

악몽 속의 그녀 역시 검은 재규어를 만났는지 아닌지는 알 수 없었다. 이제 와서 일어나지도 않은 일이 되어버린 마당에야 어디 가서 물을 곳도 없었다.

그저 지금은 그녀가 뭔가 특별한 것이 아닐까 생각할 뿐이다.

시간은 빠르게 흘러갔다. 모임 이후로 더 이상 악몽에 시달리는 일도 없었고, 촬영도 마무리된 판국이라 시시때때로 사고를 불러일으키는 검은 그림자와 만날 일도 없었다.

하지만 마음이 편할 리가 없었다. 아직까지 악몽이 자신의 주변을 배회하고 있다는 확신이 사라지지 않았다.

그러던 와중에 정영태 감독이 보여준 영화 〈심장이 뛴다〉의 편집본은 충격 그 자체였다.

"어때? 뭐 짐작 가는 거 있어요?"

화면에 잡힌 검은 얼룩과도 같은 그림자를 보며 정영태 감독이 물었다.

"아뇨. 전혀요."

짐작 가는 바가 왜 없겠는가. 이미 몇 번이나 맞닥뜨린 그림자인 것을.

하지만 지금 와서 떠들어봐야 미친 사람 취급이나 당하지 않으면 다행이다. 장택근은 애써 태연한 얼굴로 시치미를 뗐다.

"그냥 물어본 거야. 왜 가끔 그런 얘기 있잖아요. 원귀가 달라붙어서 어쩌구저쩌구……."

그렇게 떠들어대는 정영태 감독의 눈동자가 기이한 열기로 일렁거리고 있었다. 그가 그러거나 말거나 장택근은 잇새를 비집고 나오려는 신음을 꾹 삼키며 화면을 노려보았다.

놈의 실체를 몇 번이나 보았다지만 이렇게 화면에 잡힌 검은 그림자를 보니 온몸에 소름이 돋았다.

이렇게 보니 화재 장면마다 자신의 뒤를 슬금슬금 따라다니고 있었다니, 그 노골적인 적의에 등 뒤로 차가운 땀이 흘러내렸다.

"택근 씨는 모르겠지만 이게 영화판에서 마냥 드문 일은 아니야. 그런 말 못 들어봤어? 촬영 중에 귀신이 찍히면 그 영화는 대박 난다고. 가수들도 노래 녹음하다 보면 이상한 소리가 녹음될 때도 있다면서."

아무래도 장택근의 표정이 좋지 않자 영상을 보고 기분이 좋지 않은 모양이라고 생각했는지 정영태 감독이 호들갑스럽게 설명했다.

그가 그렇게 떠들어대는 사이에도 영상은 계속해서 흘러

갔다.

그림자는 자세히 보지 않으면 제대로 보이지도 않았다. 검은 연기가 자욱하게 깔린 촬영 현장이라 그런지 그게 연기가 뭉친 것인지 아닌지도 애매모호했다. 하지만 장택근은 처음 영상을 보는 순간 알 수 있었다.

자연적인 연기라고 하기에는 너무도 이질적인 모습에 그는 결국 참고 있던 신음을 내뱉어야 했다.

"왜? 좀 기분 나쁘긴 하죠? 으스스하기도 하고. 조금 쉬었다 볼래요?"

막 불길을 헤치고 돌입하는 장택근과 배우들 뒤에 바짝 따라붙은 검은 그림자가 불꽃 속에 녹아들 듯 사라지고 순식간에 불길이 치솟아올랐다.

당연하게도 화면은 아직 CG 작업이 이루어지지 않은 신만 순서대로 배열한 편집본이었다.

"아, 아뇨. 그냥 계속 보죠."

저때도 사고가 있었지.

화면을 보다 보니 촬영 당일이 선명하게 떠올랐다. 그날 김상경의 신발에 불길이 옮겨 붙어 하마터면 큰 화상을 입을 뻔했다.

슬금슬금 바닥에 흘러내린 불꽃이 지척까지 다가온 줄도 모르고 촬영을 강행하다가 큰 사고로 이어질 뻔한 아찔한 순간이었다.

하지만 정말 큰 사고는 바로 다음 장면이었다.

김우영이 불길에 직격당하고 화마가 카메라 감독을 그대로 집어삼킨 끔찍한 사고가 영상 속에 그대로 담겨 있었다.

"음, 그게 사고도 사고지만 일단 다친 사람도 없고 기껏 촬영된 분량을 버릴 수도 없잖아?"

묻지도 않았건만 지레 찔린 것인지 정영태가 변명하듯 주절거렸다.

"그리고 CG만 잘 입히면 정말 그림 하나 나올 텐데 버리기에는 너무 아깝더라고."

그의 말을 한 귀로 흘려들으며 장택근은 화면에서 시선을 떼지 않았다.

조그마한 모니터 속의 자신은 어딘지 모르게 불안해 보였다. 이리저리 주변을 둘러보며 한 걸음을 옮기는데도 신중을 가하는 것이 왜 이날 NG 사인이 나오지 않았는지 의아할 지경이었다.

"근데 말이야, 택근 씨. 저번 홍보 영상 때도 그렇고……."

한참을 혼자 떠들어대던 정영태가 은근한 음성으로 화제를 바꿨다.

"네?"

"이번에도 느낀 건데, 저기 좀 이상하지 않아?"

화면에서 잠시 시선을 뗀 장택근이 정영태를 바라보니 그의 눈동자에 기이한 빛이 일렁이고 있었다.

"뭐가 말입니까?"

"그렇잖아. 처음에는 아무 생각 없었는데 이번에 편집하면서 확실히 느꼈다는 말이지."

마치 탐색이라도 하듯 자신을 뚫어져라 바라보는 그의 눈빛에 장택근이 진땀을 흘렸다.

"저번 홍보 영상 사고 때도 택근 씨는 마치 사고가 날 것을 미리 알고 있는 사람처럼 아역배우를 우혁 씨한테 줬어. 그거 대본에 없던 거잖아? 게다가 그다음 행동도 너무 빨랐고."

그 노골적인 눈빛에 그는 시선을 돌렸다. 화면 속에는 소방관 복장을 한 배우들이 어수선하게 걸음을 옮기고 있었다. 그리고 그 사이에서 자신은 우뚝 서서 사방을 둘러보고 있었다.

바로 저 뒤에…….

"바로 저 뒤에 사고가 났지?"

정영태 감독이 화면을 가리키며 말했다.

"다들 대본대로 가고 있는데 택근 씨만 어딘지 모르게 이상하지? 그리고 여기서 쾅!"

그의 말이 끝나기가 무섭게 화면 속에 불길이 치솟아오르며 김우영이 바닥을 나뒹굴었다. 이어 김상경이 달려가고 장택근이 손에 쥐고 있던 호스가 물줄기를 뿜어댔다.

"그리고 다시 한 번 여기서 화르르륵! 봐봐! 여기!"

김우영의 몸에 붙은 불길이 꺼지자마자 장택근이 몸을 돌리고는 호스의 노즐을 고정하는 모습이 보였다. 아직 카메라 감독을 덮친 불길은 보이지도 않는 상황이었다.

"아직 불은 붙지도 않았는데 택근 씨는 마치 기다리고 있었다는 듯이 바로 호스를 겨냥했지. 바로 여기서 화악 하고."

그의 말을 들으며 장택근은 질린 얼굴을 해보였다. 의심도 의심이지만 카메라 감독의 배짱이 장난이 아니었다.

불길이 치솟고 그 불길이 자신을 덮쳐오는데도 카메라의 움직임은 흔들림이 없었다. 덕분에 화면이 박진감 넘쳤다.

온통 새빨간 불길로 가득 찬 화면을 뚫고 한줄기 물줄기가 길을 열었다. 마치 불꽃이 흘러내리는 폭포를 가르듯 불길로 가득한 화면이 탁 트이고 호스를 꽉 부여잡은 자신이 보였다.

"봐. 내 말이 맞지? 편집해서 그렇지 실제로 불꽃이 명구를 집어삼키고 택근 씨가 물을 뿌린 게 0.76초. 내가 슬로우 화면으로 몇 번이나 확인했거든."

0.76초라면 눈 한 번 깜짝할 사이라는 말과 다름없다.

"혹시 말이야."

정영태 감독의 은근한 음성에 장택근의 머리가 맹렬하게 회전했다.

뭐라고 변명한다는 말인가. 이미 사고가 날 것을 알고 있었다고? 아마존을 다녀왔는데 거기서 이상한 놈이 들러붙어서 내가 가는 곳마다 사고가 나는데 이번에도 그놈이라고?

말 같지도 않은 소리다. 미처 대답을 준비하지도 못했는데 정영태 감독이 다시 입을 열었다.

"택근 씨, 신기 같은 거 있어?"

순간적으로 장택근은 정영태 감독의 말을 제대로 알아듣지 못하고 멍한 표정을 지어 보였다. 잠시 눈을 껌벅거리며 그를 바라보고 있으니 그가 주절주절 입을 놀려댔다.

"왜 그런 사람 있잖아. 감이 유달리 좋은 사람. 전에 영화 찍을 때도 대규모 전투 신 폭파 장면에서 대형사고가 날 뻔한 적이 있거든. 근데 그때 배우가 장동민 씨였는데 그 사람이 꼭 처음부터 알고 있던 것처럼 사고를 피해갔어. 나중에 물어보니까 느낌이 안 좋았다고 하더라고."

신나게 떠들어대는 그를 보며 장택근은 뒤늦게 그의 말을 알아들었다. 잔뜩 경직되었던 표정이 그대로 순식간에 풀려 버렸다.

"그래서 묻는 거야. 이 바닥의 잘나가는 배우 중에 그런 경우가 종종 있어요. 뭐랄까, 대중의 사랑을 받는 스타들은 수호신이라도 있는 그런 느낌이랄까."

이제는 되도 않을 소리로 아예 소설을 쓰고 있는 그의 모습에 장택근은 어설프게 웃었다.

"네, 제가 원래 감이 좀 좋았어요."

"그치? 그치? 난 한눈에 알았다니까. 그리고 택근 씨가 아마존도 다녀오고 그래선지 아무래도 남들보다 직감이 좀 발달한 거 같더라고."

도대체 아마존과 직감이 무슨 상관인지 모르겠지만, 장택근은 그의 장단에 맞춰준답시고 고개를 끄덕이며 추임새를 넣었다.

"그래서 말인데……."

한참을 그렇게 정영태의 헛소리에 맞장구를 쳐주던 장택근은 다시 돌변한 그의 표정에 마른침을 삼켰다. 도대체가 종잡을 수가 없는 성격이라 상대하기가 몹시 피곤했다.

"우리 요거 살려봅시다."

뜬금없는 말에 장택근은 그가 장황하게 떠들어댄 이유를 알 수 있었다.

"응? 우리 감독판으로 엔딩 하나 더 찍어봅시다."

이미 계약서에 명시된 촬영은 마무리된 상태이다. 한데 촬영장 내내 뒤따라 다니던 크고 작은 사고들을 아예 영화에 집어넣을 속셈인 모양이었다. 당연히 정영태 감독이라도 배우의 기분을 살피지 않을 수 없었다.

"일단 김지명 작가는 오케이했는데 아직 택근 씨만 오케이를 안 해서. 택근 씨만 괜찮다고 하면 다시 촬영 시작할 수 있거든."

그의 속마음이 뻔히 드러났다. 계약서에도 나오지 않은 추가 촬영을 하려면 당연하게도 장택근의 소속인 NB엔터테인먼트와 다시 한 번 이야기를 하지 않을 수가 없다. 그런데 NB엔터테인먼트라고 하면 이쪽 바닥에서 꽤나 까다로운 상대이다.

당연히 추가 비용이 들고 여러 가지 옵션이 걸릴 수밖에 없었다.

"그게 아직 돈 주는 놈들하고 이야기가 안 된 거라서 택근 씨 협조가 필요해."

역시나 그랬다. 제작사 측에 이야기가 되지 않은 터라 장택근을 잘 구슬려서 도둑 촬영이라도 할 속셈인 모양이었다.

"응? 이거 진짜 잘만 찍으면 원래의 엔딩을 교체할 수도 있어. 아깝잖아. 이렇게까지 실감나는 그림인데 이걸 지워? 이 것도?"

추가 촬영뿐 아니라 화면에 잡힌 검은 얼룩마저도 살릴 생각인 듯 그가 화면의 이곳저곳을 손가락으로 가리키며 말했다.

"음. 저도 일단 회사하고 이야기는 해봐야 하는데……."

슬쩍 대답을 회피하니 정영태가 애가 탄 얼굴로 바짝 달라붙었다.

자존심 강한 그가 이렇게까지 저자세를 취하는 것을 보면 확실히 그가 인물은 인물이었다. 영화를 위해서라면 처자식도 팔아먹을 사람이라더니 과연 뜬소문만은 아닌 듯했다.

"딱 3일이야, 3일. 아니, 2일. 2일이면 끝나."

그의 애원에 가까운 태도에 장택근은 끄응 하고 앓는 소리를 내뱉었다. 만약 이렇게까지 말하는데 자신이 거절하면 앙금이 남을 것이다. 충무로 영화판에서만큼은 대통령보다 더한 영향력이 있는 정영태 감독과 척을 져서 좋을 것이 없었다.

"또 화제 장면입니까?"

장택근이 관심을 보이자 그가 대번에 웃는 얼굴로 대꾸했다.

"그렇지. 여기 보면 불꽃이 꼭 살아 움직이는 것 같잖아? 그러니까 아예 마지막 엔딩을 살아 있는 화마와 김형준의 사투, 그리고 승리, 혹은 패배로 마무리를 짓자는 거지."

그의 말에 잠시 생각에 잠겨 있던 장택근이 고개를 끄덕였다.

"좋았어! 역시 택근 씨 같은 배우는 또 없다니까! 이거 다 봤으면 우리 밥이나 먹으러 갈까?"

기분이 좋아진 정영태가 호들갑을 떨며 제멋대로 그의 손을 잡아끌었다. 그 막무가내 손길에 장택근이 곤란한 표정을 지어 보였다.

"일단 회사에 말은 해야죠. 이틀밖에 안 걸린다고 하면 딱히 뭐라고 할 것 같지도 않고."

사실 회사에서 이번 일을 문제 삼는다면 어떻게든 설득해서 관철시킬 생각이 있다.

마침 요 근래에 자신과 친인들 주변에서 일어나는 일들도 있고 하니 그는 이번에 뭔가를 꼭 알아내고 싶었다. 제멋대로 찾아오고 제멋대로 떠나가는 놈이지만 촬영을 빌미 삼아 유인하면 또다시 몸을 나타낼 것이다.

이번만큼은 꼭 놈의 실체를 파헤치고 말리라.

"밖에 매니저 있지 않아? 추 실장한테 대충 말하고 밥 먹으러 가자고. 아니다. 이럴 게 아니라 추 실장도 같이 가면 되겠네."

혹시라도 장택근의 마음이 변할까 염려가 되었는지 정영태 감독이 그의 손을 꼭 잡고는 놓아주지 않았다.

＊　　　＊　　　＊

"끄응."

장택근은 앓는 소리를 냈다. 눈앞에서 홍청망청하는 정영태 감독과 사람들을 보니 절로 머리가 지끈거렸다.

처음의 술자리는 꽤나 그럴싸한 일식집에서 가볍게 시작되었다. 역시나 예상한 대로 정영태는 장택근의 마음이 변할까 염려가 됐는지 촬영 내내 한 번도 보여주지 않던 살가운 태도로 일관했다.

그러던 것이 추영훈마저 추가 촬영에 대해 부정적인 기색이 보이지 않자 그는 완전히 고삐 풀린 망아지처럼 날뛰어댔다.

게다가 타이밍도 기가 막히게 김지명 작가까지 시나리오 작업을 끝냈다고 연락이 오니 정영태 감독은 정말 미치지 않았나 싶을 정도로 들떠 있었다.

당연하게도 간단하게 반주로 끝날 거라 생각한 술자리가 길고 거창해져 버렸다. 카메라 감독과 김지명 작가까지 합류한 자리는 어느새 강남의 룸까지 오게 되었다.

그리고 지금 장택근은 엉망진창이 된 몰골로 신나게 술을 마셔대는 사람들을 보며 고개를 절레절레 흔들었다.

"마셔! 마셔!"

파도타기는 기본이고 온갖 잡스러운 주도가 펼쳐졌다. 흥이 돋은 정영태와 김지명이 시뻘겋게 취기가 오른 얼굴로 연신 잔을 권하고는 난리를 피워댔다.

"정 감독님, 오시기 시작한 지는 얼마 안 됐는데 꽤 자주 오세요."

어딘지 모르게 인공적인 얼굴이지만 어지간한 연예인 못지않은 얼굴과 몸매의 아가씨가 못 말린다는 표정으로 작게 이야기했다.

"아, 아."

사람들이 억지로 자리에 앉힌 파트너의 이름을 곰곰이 생각해 보던 그가 대충 대답하고는 정영태와 김지명을 바라보았다.

늦바람이 무섭다고 했던가. 영화에 빠져 외길 인생을 살아온 정영태 감독에게 강남의 유흥가는 지나칠 정도로 자극적이었던 모양이다. 영화 외에는 아무것도 모르고 살았을 것 같은 그가 지금 흥에 겨워 떠들어대고 있었다.

완전히 맛들렸네.

"왜? 택근 씨도 이런 자리 익숙하지 않아?"

슬쩍 자신에게 말을 걸어오는 카메라 감독의 말에 장택근은 피식 웃고 말았다.

꽤나 거칠게 살았을 것 같은 생김새와는 다르게 지금 그는 곁에 앉은 파트너 아가씨의 살갗이라도 닿을세라 무릎을 모으고 정자세로 앉아 있었다.

"아, 뭐……."

PD로 일하던 시절이나 배우로 전향하고 난 이후에도 몇 번이나 오긴 했지만 그 역시 이런 자리가 익숙하지 않았다.

놀아보라고 판을 깔아주면 막상 못 놀 것도 없겠지만, 아무래도 배우의 입장이다 보니 여기 있는 사람들과는 입장이 달랐다.

"우리 밖에 나가서 떠들고 그런 거 없어요. 오빠도 좀 편하게 놀아요."

그런 그의 내심을 눈치챘는지 곁에 있던 소현이 은근히 몸을 기대오며 콧소리를 냈다. 정영태 감독이 어련히 그를 배려

해서 잘 골라 데려왔겠지만 아무래도 노골적인 그녀의 육탄
공격에 조금은 현기증이 났다.

역시나 강남의 내로라하는 업소 중에서 탑이라고 하더니
그녀의 몸에서 풍기는 향수의 향이 이런 곳과는 어울리지 않
게 꽤나 은은하고 고아했다.

"그냥 술이나 마실게요."

뭉클한 감촉이 와 닿는 팔을 슬쩍 빼내며 그리 말하니 그녀
가 입을 비죽였다. 그 모습이 어찌나 애교스러운지 만약 PD
시절의 그였다면 간이고 쓸개고 다 빼줄 마음마저 들었을 것
이다.

"감독님이야말로 지금 무척 불편해 보이는데요."

분위기를 전환하기 위해서 카메라 감독에게 화살을 돌리
니 그의 곁에 있던 파트너가 코맹맹이소리를 내며 그에게 안
겨들었다.

"오빠, 내가 별로예요? 왜 계속 그러고 있는데?"

아가씨가 그 훤히 드러난 허벅지를 카메라 감독의 다리 위
로 걸쳤다. 그 모습에 놀란 카메라 감독이 으헉 하는 괴상한
신음 소리를 내고는 돌처럼 굳어버렸다.

그런 모습을 보며 아가씨가 짓궂은 미소를 짓고는 늘씬하
게 뻗은 팔을 내밀어 그의 목을 휘감았다. 이제는 정말 어떻
게 되지 않을까 싶을 정도로 숨을 거칠게 몰아쉬는 카메라 감

독의 모습을 보며 장택근은 결국 웃음을 터뜨리고 말았다.

영훈 형님도 같이 있었으면 참 좋았을 텐데.

추영훈은 일식집에서 자리가 파할 때 일찍 들어가 버렸다. 아무래도 매니저의 직책상 술도 한 모금 마시지 못하고 있으니 술자리가 곤욕스러웠던 모양이다. 대충 자리가 끝나면 전화를 달라며 밴을 몰고 사라진 그를 떠올리며 장택근은 슬쩍 미소를 지었다.

아마 지금쯤 민경 씨랑 같이 있으려나.

그렇게 생각하니 자신도 이지원을 두고 이런 자리에 왔다는 사실이 내심 찔렸지만, 딴에는 충무로 영화판을 휘어잡는 정영태 감독의 강권이 있었다며 스스로를 합리화했다.

마냥 편한 자리는 아니었지만 아이러니하게도 가슴께가 간질거리는 설렘이 있는 것을 보면 남자는 어쩔 수 없는 모양이었다.

"으허어어어."

이제는 노래인지 괴성인지 모를 소리를 내지르며 파트너를 부둥켜안은 정영태 감독과 김지명 작가의 모습이 차라리 익숙하게 느껴질 지경이다.

한 시간 내내 저러고 있는데 익숙해지지 않는다면 그게 더 이상한 일이리라.

"근데 오빠, 나 오빠한테 궁금한 거 되게 많은데."

그가 자꾸만 딴생각을 하고 있는 게 자존심이 상했는지 소현이 애교스러운 표정을 지으며 그에게 말을 걸어왔다.

"뭐요?"

조금은 딱딱한 음성으로 대답하니 그녀가 볼을 부풀렸다.

"어휴, 질문이고 뭐고 오빠부터 편해져야지. 보는 내가 다 불편해서 안 되겠네."

그렇게 말한 그녀의 표정에 장난기가 가득해 장택근은 순간적으로 불안해졌다. 그녀가 짓궂은 얼굴로 술잔에 술을 가득 채우더니 장택근에게 내밀었다.

"우리 러브샷 해요."

불안한 마음으로 그녀를 바라보고 있던 장택근은 의외로 싱거운 그녀의 제안에 안도의 한숨을 내쉬었다.

하지만 안도를 하기에는 일렀다는 사실을 깨달은 건 바로 그 직후였다.

러브샷을 제안한 그녀가 너무도 천연덕스럽게 장택근의 허벅지 위에 올라타 그를 마주 보았다.

"뭐야, 오빠? 설마 팔을 꼬아서 러브샷 하자고 하는 줄 알았어요? 우리가 앤가?"

그녀가 까르르 웃음을 터뜨리며 그리 말하는데 허벅지에 닿는 그녀의 풍만한 둔부가 느껴져 장택근이 끄응 하고 한숨을 내쉬었다.

순간적으로 이지원의 얼굴이 스쳐 가고 수많은 생각이 들었다. 이 자리에서 그녀를 밀쳐내야 하지 않을까 하는 생각이 들었지만 이내 분위기를 망칠 수는 없어 하고 자기 합리화를 하고 말았다.

"그럼 원샷?"

그가 고민하는 사이에 그녀가 상체를 포개듯이 딱 붙어 앉아 단단한 그의 어깨에 턱을 괴었다. 그리고는 팔을 둘러 그의 목을 끌어안고는 그대로 술을 들이켰다. 가슴에 닿는 그 뭉클한 젖가슴의 감촉에 괜스레 숨이 거칠어진 그가 그대로 그녀를 따라 술잔을 비워냈다.

"흐음."

덕분에 그녀를 꽉 끌어안는 모양새가 되어버렸다. 그녀가 묘한 신음 소리를 내는데 그게 또 이상할 정도로 자극적이라 장택근은 그만 얼굴이 시뻘겋게 달아올랐다.

"사랑은 아무나 하나! 사랑은 아무나 하나!"

괴성을 질러대는 정영태와 김지명은 모니터 앞에서 파트너와 끌어안고 난리를 치느라 정신이 없었고, 조명이 어두워지자 용기를 얻은 것인지 카메라 감독도 파트너와 농밀한 시간을 보내고 있었다.

룸 안의 어느 누구도 그를 신경 쓰고 있지 않았다.

가만히 룸을 둘러보던 그는 정신이 아득해지는 것을 느꼈다. 시끄러운 음악 소리에 술 냄새, 그리고 역겨운 담배 냄새, 거기에 여자들의 향수 냄새에 체향까지 합쳐지니 술보다 더한 무언가에 취하는 듯 금세 정신이 몽롱해졌다.

"오빠, 왜 이렇게 단단해?"

시끄러운 음악 소리를 피해 그의 귓가에 속삭이는 소현의 말이 뭘 지칭하는 것인지 애매하기만 했다. 숨소리가 짙게 섞인 그녀의 음성에 장택근은 저도 모르게 그녀의 허리를 부여잡았다.

"오빠 몸 진짜 좋다."

이제는 더 이상 노골적일 수 없을 정도로 그에게 달라붙은 그녀가 그의 어깨며 단단한 등 등 온몸을 어루만져 대는데 장택근의 손에 힘이 들어갔다.

그리고는 그대로 그녀의 허리를 들어 원래의 자리로 앉혀 놓았다.

"오빠?"

뭔가 기대하고 있었는지 아쉬운 기색이 역력한 그녀가 눈을 동그랗게 뜨고는 그를 불렀다.

"아, 조금 불편해서."

온몸에 와 닿던 그 풍만한 여체가 사라지자 자신도 모르게 아쉬움을 느꼈는지 그의 표정 역시 그녀의 표정과 크게 다르지 않았지만 말투는 단호했다.

"그냥 우리 술이나 마시죠."

그렇게 말하고는 술병 뚜껑을 열어 갈색 스카치를 따른 그가 잔을 내밀었다. 처음에는 아쉬움, 이어 무안함, 나중에 가서는 알 수 없는 표정이 된 소현이 그를 빤히 바라보았다.

방금 전의 상황이 떠올라 괜스레 시선을 피하는데 그녀가 불쑥 물어왔다.

"오빠, 여자 친구 있죠? 그렇죠?"

그녀의 뜬금없는 말에 장택근이 고개를 돌리자 그녀의 표정이 방금 전과는 판이하게 달랐다. 애교스럽고 매력적이지만 어딘지 모르게 딱딱하던 그녀의 얼굴이 완전히 편하게 풀려 있었다.

"원래 가게에서 이런 거 안 물어보는데, 어차피 오빠도 제대로 놀 생각으로 온 것 같지도 않고."

짙은 화장에 가려진 그녀의 얼굴이 그제야 본래의 얼굴로 들어왔다. 스물한두 살가량 됐을까. 풋풋한 느낌의 그녀의 표정이 딱 그 또래의 표정 같았다.

"진짜 술이나 마시면서 얘기나 할까요?"

그녀의 당돌하면서도 어딘지 모르게 편안한 말투에 장택근은 피식 웃고 말았다.

"오빠, 그렇게 웃지 말아요. 오빠는 모르겠지만 오빠 웃는 얼굴 진짜 쩔거든요?"

그녀가 그의 가슴께를 툭 치며 말했다.

"괜히 책임질 거 아니면 그렇게 웃고 다니지 말아요. 오빠 타고난 선수야, 선수."

아까와는 달리 편안한 분위기를 한 그녀 탓인지 장택근의 경직되어 있던 얼굴이 스르륵 풀려 버렸다.

"진짜로 오빠 어디 나가서 여자랑 있지 말아야겠다. 웃는 것도 매력 터지는데 그렇게 가만있어도 매력이 터져."

톡톡 튀는 그녀의 말투를 보니 어쩌면 그녀가 생각하던 것보다 더 어릴지도 모른다는 생각이 들었다.

"칭찬으로 들으면 되지?"

그 역시 아까보다는 한결 편안해진 음성으로 말하니 그녀가 입을 삐죽거렸다. 아까처럼 만들어진 표정이 아니라 정말로 약이 오른다는 얼굴이다.

"진짜 오빠 내추럴 본 배드가이다. 아까 오빠 표정 심각해졌을 때 나 진짜 심장 두근거렸다니까. 지금도 봐봐. 완전 여자 다루는 데 선수네."

정말 빈말이 아닌지 어딘지 모르게 상기된 그녀의 얼굴이 묘하게 들떠 보였다. 하지만 그 들뜬 기색이 아까처럼 색정적이라기보다는 풋풋한 느낌이라 장택근이 편안한 얼굴을 해보였다.

"오빠도 어지간하다. 웬만한 남자들은 그냥 이런 데서 놀고 가는 거 바람으로도 생각 안 하던데."

그녀의 말이 이제는 거침이 없었다. 술잔을 부딪치며 그저 웃으며 고개를 흔들어주니 그녀가 또다시 눈을 동그랗게 떴다.

"마성 마성 해서 비웃었는데 진짜……. 오빠, 잠깐만."

그렇게 말한 그녀가 잠시 장택근이 손에 쥐고 있던 잔을 내려놓게 하더니 불쑥 얼굴을 들이댔다.

눈을 동그랗게 뜬 채로 그녀를 멍하니 바라보고 있는 장택근에게 그녀가 씨익 웃으며 이야기했다.

"이런 남자가 왔는데 꼬시지는 못하더라도 뽀뽀는 해봐야 손해가 아닌 거 같아서."

그렇게 말하고는 다시 잔을 내미는 모습이 털털했다. 장택근이 떨떠름한 얼굴로 그녀를 바라보다가 얼결에 잔을 받아들고는 비웠다.

중간에 분위기가 묘해지기는 했지만 장택근과 소현은 금세 편안한 분위기에서 대화를 나눌 수가 있었다.

그녀의 본명은 신소영.

스무 살로 서울에 상경해 어쩌다 보니 이쪽 일을 하게 되었다는데 흔히 상상하는 불우한 과거나 가정사도 없는 평범한 삶이었다.

스무 살의 앞날 창창한 아가씨가 이쪽 일을 한다는 게 조금은 이해가 가지 않아 눈만 껌벅이고 있는 그에게 그녀가 말했다.

"오빠, 우리 가게 모르죠? 여기 그런 데 아니에요. 우리 나름 급 있는 데라서 그렇게 막 2차 나가고 가게에서 주물럭거리는 곳 아니라고요."

그녀의 말에 한창 정영태를 비롯한 남자들의 손길에 몸을 내맡긴 아가씨들을 가리키니 그녀가 입을 삐죽였다.

"감독님들이라면서요. 이 바닥 애들치고 연예계 한번 안 나가고 싶은 애들이 어디 있어요. 지들 나름 공들이는 거지."

"그래? 그럼 번지수 잘못 짚었네. 저쪽은 감독님이지만 난 그냥 신인배운데?"

어딘지 모르게 속물적인 이야기지만 이렇게 허심탄회하게 말하니 딱히 지적할 마음도 들지 않았다. 장택근이 가볍게 대꾸하자 그녀가 눈을 크게 뜨더니 깔깔거리고 웃었다.

"오빠 진짜 모르는구나? 정 감독님도 정 감독님이지만 오빠 왔다는 소리 듣고 기집애들이 얼마나 서로 들어가겠다고 난리를 쳤는데. 저기 저 애 있지? 쟤는 전화 받고 LTE급으로 뛰어왔어. 결국 내 차지였지만."

어딘지 딴 세상 이야기 같았지만 그는 묵묵히 그녀의 말을 듣고만 있었다.

"그리고 나도 처음에는 뭐 연예인 욕심으로 들이댄 거긴 한데……."

그렇게 말한 그녀의 얼굴에 또다시 장난기가 감돌았다. 순간적으로 불안해진 장택근이 갑작스레 얼굴을 들이미는 그녀의 어깨를 잡았다.

"쳇, 사람 무안하게 그걸 또 막냐."

그렇게 툴툴거렸지만 정작 그녀의 얼굴에는 무안함보다는 아쉽다는 기색이 더욱 짙게 깔려 있었다.

"어쨌든 지금은 그냥 오빠한테 반했어."

당돌한 그녀의 말에 장택근이 요즘 아이들은 다 이런가, 아니면 이 바닥 아가씨들이 특이한 건가 하고 한숨을 내쉬는데 그녀가 술을 벌컥벌컥 들이켜고는 그를 빤히 바라보기 시작했다.

"왜?"

"오빠."

거침없는 태도를 보이던 방금 전과는 다르게 조심스러운 그녀의 얼굴에 그가 고개를 갸웃거렸다.

"나 진짜 오빠 여자 친구 하면 안 돼?"

전혀 생각지 못한 말에 그가 대꾸도 못하고 그녀를 바라보니 설렘과 걱정이 반반 섞인 얼굴을 한 그녀가 애원하는 투로 말했다.

"아니, 여자 친구라고 하니까 조금 이상하다. 여자 친구 말고 그냥 오빠 세컨드. 응? 나 오빠랑 따로 또 보고 싶어서 그래."

순간적으로 그가 이게 흔히 들어본 스폰서 제안인가 싶어 얼굴을 굳혔다. 그런 그를 보며 그녀가 손을 마구 휘저어댔다.

"아냐, 그런 거. 가방 사달라고도 안 하고 영화 출연시켜 달라고도 안 할 거야. 그냥 오빠랑 가끔 밥이나 먹고 차나 마셨으면 좋겠다는 거지."

그렇게 말한 그녀가 슬쩍 그의 눈치를 보더니 한마디 더 보탰다.

"그… 오빠가 원하면 그것도 해도 좋고."

묘한 열기가 일렁이는 눈동자를 한 그녀가 장택근의 가슴과 어깨를 훑어보았다.

조금 편해졌나 싶었는데 금세 분위기가 더욱 질퍽해졌다.

시끄러운 노랫소리와 술에 취한 사람들의 고성, 짙은 술 냄새와 뒤섞인 여인의 향기에 장택근은 차라리 현기증이 날 지경이었다.

게다가 가면을 벗어 던진 것인지, 아니면 또 다른 가면을 뒤집어쓴 것인지 모를 신소영의 모습이 아까 전보다 더욱 노골적인 열기를 담고 있었다.

가만히 보고 있자니 왠지 빨려들어 갈 것 같은 그 묘한 눈빛에 장택근은 시선을 돌렸다가 그대로 눈을 동그랗게 떴다.

아까 전까지만 해도 잔뜩 경직되어 있던 카메라 감독마저도 파트너의 옷 속으로 손을 집어넣고는 바쁘게 놀리고 있었다.

그때마다 연기인지 진짜인지 몸을 비틀어대는 아가씨의 모습이 고혹적이기만 하다. 한창 카메라 감독의 손길에 몸을 떨어대던 그녀가 목을 뒤로 꺾고 숨을 몰아쉬다가 그와 눈이 마주쳤다.

마치 자신을 유혹하는 듯한 눈빛에 고개를 돌리니 마찬가지로 질펀한 분위기를 연출하고 있던 다른 아가씨들이 잇따라 추파를 보내왔다.

머리가 아파왔다. 이제까지 아무렇지도 않던 것이 이상할 정도로 술 냄새와 향수 냄새가 역하게만 느껴졌다.

멜로디도 뭣도 없이 쿵쿵거리는 스피커의 소음에 관자노리가 불끈거리기 시작했다.

"오빠."

선망과 탐욕이 범벅이 된 눈빛으로 자신을 부르는 신소영의 얼굴을 본 장택근이 벌떡 몸을 일으켰다.

"오빠?"

갑작스럽게 몸을 일으킨 그를 보고 깜짝 놀란 그녀가 그의 손목을 잡았다.

"아, 화장실."

그렇게 짧게 한마디 하고는 도망치듯 화장실로 뛰어갔다.

룸 안에 마련된 화장실에 들어서서 문을 닫자 머리를 울려대던 시끄러운 소음이 조금은 덜해졌다.

쏴아아!

세면대의 물을 틀자 시원하게 쏟아져 나오는 물소리에 그나마 머리가 맑아졌다.

그는 양손을 모아 물을 가득 담아내고는 몇 번이나 얼굴을 씻어냈다.

잔뜩 달아올라 있던 얼굴이 그제야 식는 기분이다.

"하아!"

저도 모르게 잇새를 비집고 한숨이 흘러나왔다.

지금 내가 여기서 뭘 하고 있는 거지?

추가 촬영에 대한 제안을 받아들이고, 기분이 좋아진 정영태 감독에게 이끌려 이곳까지 와버렸다.

처음에는 대화라도 나누었다지만 지금은 각자 파트너를 끌어안고 제 욕망을 채우기에 바빴다.

왠지 모르게 자리가 불편했다.

질 좋은 위스키의 향기도, 아가씨들의 세련된 향수 냄새도 이제는 구토가 치밀 것만 같았다.

가만히 거울을 들여다보니 퀭한 눈동자의 사내가 자신을 바라보고 있다.

요 근래에 통 잠을 자지 못한 탓인지 거뭇거뭇한 눈 밑과 강퍅하게 파인 뺨이 지독스러울 정도로 피곤해 보였다.

조금만 참자.

오랜만에 사람들과 소모적인 술자리를 가진 탓인지 한꺼번에 밀려온 피로에 그는 뺨을 몇 번 두들기고는 화장실 문고리를 잡았다.

이 문고리를 여는 순간 다시 한 번 저 끔찍한 술자리로 돌아가야 한다. 저절로 한숨이 새어 나왔다.

머뭇거리는 손놀림으로 문고리를 돌리는데 갑자기 문이 확 열리며 누군가가 그를 밀치고 들어섰다. 생각지도 못한 상황에 그가 어, 어 하는 사이에 갑작스레 문을 밀고 들어선 이가 그를 부둥켜안았다.

"오빠."

신소영이다. 그가 잠깐 자리를 비운 사이 혼자 술을 얼마나 마신 것인지 짙게 술 냄새가 밴 그녀의 얼굴이 뻘겋게 상기되어 있다.

옷차림 역시 깔끔하던 옷매무새가 잔뜩 흐트러져 아찔할 정도로 속살이 드러나 있다.

"뭐 하는 거야?"

갑작스러운 상황에 놀라 그가 차갑게 한마디 내뱉었다. 초점마저 흐릿해진 눈동자의 그녀가 냉담한 음성에 놀라 몸을 움찔거리더니 이내 그에게 들러붙었다.

"오빠, 그냥 나 오빠가 좋아. 그냥 오빠 보고 반했다고."

뭐에 홀리기라도 한 것처럼 그녀가 몇 번이나 같은 말을 반복하며 온몸을 던져왔다.

마치 뱀처럼 꿈틀거리는 사지가 그의 몸을 끌어안고 기이한 열기에 휩싸인 그녀의 육신이 뜨거운 숨을 내뱉었다.

"놔봐. 잠깐만."

도를 넘어선 그녀의 행동에 장택근이 힘을 주어 그녀를 떼어내는데 어디서 힘이 솟아나는지 그녀가 좀처럼 떨어지지를 않았다.

더 힘을 주었다가는 사지 한 군데 중 어딘가 다칠 것만 같아 더 힘을 쓰지도 못하고 그가 끙끙거리는데 그녀가 그의 가슴에 마구 입술을 비벼댔다.

"그냥 오빠, 편하게 생각해. 클럽에서 여자 꼬셔서 하루 데리고 놀았다고 생각하면 되잖아. 응?"

맹목적인 그녀의 말이 도대체 의도를 알 수가 없었다.

대체 그녀는 무엇을 바라는 것일까. 이해를 할 수가 없었다.

하룻밤의 불장난?

아니면 연예계와의 접점?

그도 아니면 자신에 대한 막연한 동경?

아무리 생각해도 이해하기 힘든 그녀의 행동에 머리가 지끈거렸다.

"오빠."

이제는 잔뜩 숨이 거칠어진 그녀의 얼굴에 흥분한 기색이 가득했다.

발갛게 달아오른 얼굴로 입을 반쯤 벌리고는 억눌린 신음을 연신 내뱉는 그녀가 그의 단단한 허벅지에 자신의 몸을 마구 비벼댔다.

풍만한 여체의 그 저돌적인 공세에 그는 정신이 아득해지는 기분이 들었다.

스스로 자신을 위로하듯 허벅지를 제 다리 사이에 끼고는 온몸을 움직여 댄 그녀는 그것으로도 모자라 양손을 쉴 새 없이 놀리며 그의 온몸을 어루만져 댔다.

그녀의 모습이 마치 발정난 개처럼 정신을 차리지 못하고 맹목적으로 쾌락을 탐하는 듯 보였다.

그녀의 모습에 장택근은 자신의 하체에 느껴지는 묵직한 느낌에 화들짝 놀랐다. 어느 틈엔가 그녀가 바지 지퍼를 열고 손을 집어넣고 있었다.

그는 그제야 자신의 양손이 그녀의 가슴을 세게 움켜쥐고 있다는 사실을 깨달았다.

"나와 봐."

당황한 그가 황급히 그녀의 손을 잡아챘다. 이번에는 작정하고 힘을 주어 그녀를 떼어내는데 그녀의 하체가 끈덕지게 달라붙어 떨어지지를 않았다.

그렇게 잠깐 실랑이를 하는데 그녀가 일순간 고개를 확 뒤로 젖히고 보드랍던 허벅지를 꽉 조이더니 그의 다리를 사이에 끼고는 부들부들 떨어댔다.

경련이라도 하듯 몸을 떨어대는 그녀를 황당한 눈빛으로 바라보던 그는 갑작스레 다리에 힘이 풀려 주저앉으려는 그녀를 잡아 세웠다.

"하아, 하아!"

여전히 고개를 뒤로 젖힌 채로 숨을 몰아쉬는 그녀의 가슴이 가파르게 오르락내리락하는데 간간이 몸이 움찔거리며 경련을 했다.

이건 대체……

장택근은 형언할 수 없는 그 모습에 황당함을 넘어 머리가 아파왔다.

이 아가씨, 욕구 불만인가.

그렇다고 생각해도 너무도 노골적인 모습이라 그는 이해할 수가 없었다.

방금 전과는 달리 사지에 힘이 풀린 그녀가 그가 이끄는 대로 딸려왔다.

그는 고개를 절레절레 젓고는 정신을 차리지 못하고 해롱거리는 그녀를 안듯이 부축하고는 화장실을 빠져나왔다.

룸 안은 자신이 자리를 비웠을 때와 전혀 달라진 것이 없었다.

파트너의 몸을 주물러대느라 정신이 없는 카메라 감독과 노래를 부르는 것인지 소음 공해를 일으키는 것인지 모를 정영태 감독과 김지명 작가까지 무엇 하나 달라진 것이 없었다.

아무도 자신을 신경 쓰지 않자 그나마 다행이라고 생각한 장택근은 신소영을 자리에 앉혔다.

아직까지도 정신을 차리지 못하고 숨을 몰아쉬는 그녀의 모습을 바라보던 그는 재킷을 벗어 그녀의 몸을 덮어줬다.

하도 격렬하게 몸을 비벼댄 탓인지 새하얀 젖가슴이 옷 밖으로 삐져나오고 치마는 잔뜩 말려 올라가 민망한 부분을 드러내고 있다.

차마 자신의 손으로 그녀의 옷매무새를 정리해 줄 수 없어 그대로 재킷을 덮어둔 채로 그는 술잔에 술을 따라 단숨에 들이켰다.

차갑게 식었던 얼굴이 금세 달아올랐다. 어지간한 양으로는 취기조차 느끼지 못하는 자신이지만 오늘은 어쩐지 취기가 느껴졌다.

그게 정말로 술 탓인지 아니면 다른 무엇 때문인지는 알 수 없었지만 술이 참으로 달기도 했다.

그렇게 몇 잔인가 혼자 잔을 비워내고 있는데, 이제 좀 정신이 들었는지 신소영이 그가 덮어준 재킷 속에서 몸을 꾸물거렸다.

아무래도 뒤늦게 자신의 꼬락서니를 깨닫고 옷매무새라도 정리하는 모양이었다.

모르는 척 술을 따르려던 그는 술병을 잡는 새하얀 손길에 고개를 돌렸다.

눈이 마주치자 얼굴을 붉힌 그녀가 애써 태연한 얼굴로 말했다.

"내가 따라줄게."

숨소리가 잔뜩 섞인 음성이 아직까지 흥분이 가라앉지 않은 모양이다.

딱히 뭐라고 할 말이 없던 장택근은 그녀가 따라주는 대로 냉큼 받아 들이마셨다.

"오빠, 방금 전에는 말이야……."

방금 전의 상황을 변명이라도 하려는지 그녀가 횡설수설해댔다.

"그냥 장난치려고 한 건데, 오빠가 너무 섹시해서 갑자기 못 참겠어서… 그게 그냥 오빠 냄새 맡는 순간 뭐가 핑 하고 끊어졌는데, 근데 나 절대 그렇게 막 발정 난 년 아니거든."

그녀가 유독 성욕이 심한가 보다 했는데 오늘 같은 일은 그녀에게도 처음이었나 보다.

채 가라앉지 않은 절정의 여운과 수치심이 범벅이 된 얼굴로 그녀는 계속해서 입을 놀려댔다.

"아오, 모르겠다. 이게 다 오빠가 너무 섹시해서 그런 거거
든?"

결국 변명을 포기한 그녀가 인상을 와락 쓰고는 술잔에 술
을 가득 따라 단번에 비워냈다.

"근데 오빠, 진짜 밖에서 한 번만 만나보자. 응?"

술기운 탓인지 방금 전보다는 많이 안정된 얼굴을 한 그녀
가 다시 한 번 그에게 매달렸다.

*　　　*　　　*

길고도 길었던 술자리가 간신히 끝이 났다.

만취한 채로 2차를 간다며 아가씨들을 이끌고 사라진 남자
들을 배웅한 장택근은 끝까지 자신을 기대에 찬 시선으로 바
라보는 신소영을 무시하고는 추영훈의 밴에 올랐다.

"아오, 술 냄새, 향수 냄새, 여자 냄새."

차에 타기가 무섭게 추영훈이 인상을 잔뜩 찌푸렸다.

"킁킁. 많이 나요?"

"그걸 말이라고. 옷에도 냄새 다 배었겠네. 그거 그냥 세탁
소 맡기지 말고 먼저 탈취제부터 뿌려. 세탁소서 욕할라."

"그 정도예요?"

역겹다고 생각했지만 하도 오래 있다 보니까 만성이 된 모

양인지 정작 장택근 스스로는 냄새를 맡을 수가 없었던지라 인상을 찌푸렸다.

"심하기도 한데, 그 냄새라는 게 오해하기 딱 좋아."

그의 말에 장택근이 그제야 자신의 상태를 깨달았다. 술은 진탕 마셔댔지, 신소영은 온몸으로 들러붙지, 향수 냄새와 술 냄새가 잔뜩 섞여 누가 보면 오해하기 딱 좋은 상황이었다.

"끄응. 진짜 형은 중간에 가기를 정말 잘한 거예요."

"왜, 남자들끼리 가는 건데 뭘. 나도 매니저 명찰만 뗐으면 안 갔거든?"

추영훈은 진심으로 아쉬운지 입맛을 다셔댔다.

"형, 민경 씨한테 이를 거예요."

장택근이 장난스럽게 말하자 추영훈이 역시 웃는 낮으로 맞받아쳤다.

"그래, 그럼 나는 지원 씨한테 말하면 되겠네."

괜한 소리를 했다가 본전도 찾지 못한 그가 와락 인상을 썼다.

"진짜 전 저런 데 체질 아닌가 봐요. 전에도 별로였는데 지금은 더 불편하네요."

"그렇지. 아무래도 좀 신경 쓰이지? 얘기 새어 나갈까 봐. 잘했어. 저런 데가 보안이 좋은 것 같아도 한번 뚫리면 줄줄이 페이거든. 그러니까 조심해서 나쁠 건 없어."

추영훈의 말에 장택근은 순간적으로 신소영의 얼굴을 떠올렸다.

걔 혼자 그런 거지 내가 딱히 뭘 한 건 아니니까.

복잡한 심사가 되어 한숨을 내쉬다가 그가 불평을 토로했다.

"그리고 별로 좋은 곳도 아닌가 봐요. 좋은 데 가면 터치도 못하고 2차도 안 간다던데 저기는 뭐 아주 난리던데요."

"그건 택근 씨가 몰라서 그런 거고, 저기 강남에서도 탑이야."

신소영의 말이 거짓이 아니었던 모양이다. 자신들도 급이 있다고 둘러대느라 한 말인 줄 알았는데 추영훈이 똑같은 말을 했다.

"이 바닥이 그래서 더러운 거야. 저렇게 애들이 몸 바치고 다 줄 것처럼 들러붙으니까 사람이 조금만 연줄이 있어도 금방 몹쓸 짓 하고 그렇게 되거든. 감독이다 뭐다 하면 덮어놓고 들러붙는 이 풍토부터 고쳐야지."

그의 말에 장택근이 고개를 끄덕였다. 당장 자신만 해도 연예인이라는 이유 하나만으로 수많은 여자의 추파를 받았다.

그들이 자신에 대해 무엇을 안다고 그런 무조건적인 신뢰와 동경을 보낸다는 말인가.

"일단 들어가서 쉬어. 중간에 김 대표님이랑 통화했는데 어지간하면 맞춰주래. 정영태 감독 차기작 얘기 벌써 오간다는 소문이 있다고. 이번에 제대로 눈도장을 받아놔야 다음에 또 연을 이어가지."

그는 그래도 자신이 영 쓸모없는 짓만 한 것은 아니라서 다행이라고 스스로를 위로했다. 어차피 정영태 감독의 비위를 맞춰야 하는 입장이었으니 마냥 무의미한 시간만은 아니었다.

"형, 근데 물이나 뭐 마실 거 없어요?"

"왜? 거기서 마시고 나오지."

"아, 거기선 물도 술맛 나는 기분이 들어서 못 마시겠더라고요."

자리가 어지간히 불편했는지 그가 몸서리를 치며 말하자 추영훈이 피식 웃으며 조수석에서 자신이 마시다 남긴 웰빙음료를 건네주었다.

"으으, 살 것 같다."

"그래, 금방 도착하니까 가서 쉬어. 나도 택근 씨 내리면 차 좀 환기시켜야겠다. 아오, 냄새가 진짜 장난 아니네."

인기스타 수송 차량으로 많이 알려진 밴인지라 야심한 시각임에도 창문을 열기가 뭐한 추영훈이 코를 잡으며 불평을 했다.

"으으, 혹시 지원이 와 있으면 어떻게 하지."

자신의 몸에 쿵쿵거리며 코를 박고는 그리 얘기하는데, 이제 막 목적지에 도착해 속도를 줄이던 추영훈이 떨떠름하게 대꾸했다.

"그럼 죽어나는 거지. 뭐, 명복을 빌어줄게."

추영훈의 이죽거림에 더욱 불안해진 장택근이 그에게 말했다.

"말이 씨가 되거든요? 형, 탈취제 없어요? 냄새 좀 빼고 들어가게."

"저기 옆에 잘 찾아봐. 어디 있을 거야. 왜, 불안해?"

"불안하죠. 지원이 오고 가는 건 진짜 예고도 없어서. 가끔 깜짝 놀란다니까요. 자다가 깨보면 멍하니 나 쳐다보고 있어서."

진짜 소름이 돋는다며 몸서리를 치는 그를 보며 추영훈이 피식 웃어 보였다.

"나라면 그런 미녀가 야밤에 혼자 찾아오면 감사합니다 하겠구만, 택근 씨는 도대체가 감사할 줄을 몰라."

"형이 겪어보세요. 밤에 보면 지원이 진짜 무섭거든요?"

"알았어. 알았으니까 이제 들어가. 푹 쉬고, 내일 연락 줄게."

그렇게 쓸데없는 소리만 하다가 차에서 내린 장택근은 엘리베이터를 탔다.

탈취제를 뿌렸더니 그나마 냄새가 좀 덜했지만 정작 본인이 신선한 공기를 마신 탓인지 악취를 뒤늦게 실감했다.

혹시라도 누가 엘리베이터에 타면 민망한 상황이라 그는 잔뜩 긴장하고 목적한 층에 도착하기를 기다렸다.

띵.

다행스럽게 그가 걱정한 일은 일어나지 않았다. 안도의 한숨을 내쉰 그는 집 문을 열고 들어서다가 그대로 굳어버렸다.

"많이 늦었네?"

잔뜩 잠기고 쉬었지만 익숙한 음성이 들려왔다. 침을 꿀꺽 삼키며 고개를 드니 거실 소파에 앉아 고개만 이쪽으로 한 이지원이 자신을 바라보고 있었다.

정말로 말이 씨가 되어버렸다.

*　　　*　　　*

어두운 거실에서 불도 켜지 않고 가만히 이쪽을 바라보는 그녀의 모습에 장택근은 온몸에 한기가 돌았다.

소파 위로 빼꼼히 보이는 그녀의 얼굴이 그렇게 무서울 수가 없었다.

"아, 정 감독님이 놔주지를 않아서⋯⋯."

찔리는 게 있어서인지 그의 음성이 전에 없이 딱딱하게 굳어 있었다.

이지원이 그런 그의 기색을 눈치챈 모양인지 반쯤 돌리고 있던 고개를 완전히 돌리고는 그를 살펴보았다.

"술 많이 마셨어?"

어딘지 모르게 어색한 그의 태도에 무언가 이상한 낌새라도 눈치챈 것인지 그녀가 몸을 일으켰다. 그녀가 자리에서 일어나는 모습을 보며 장택근은 진땀을 흘렸다.

냄새, 냄새는 어쩌지? 혹시 몸에 이상한 흔적은 남지 않았겠지?

속으로 오만 가지 생각이 들었다. 지금 당장에라도 몸에 코를 처박고 냄새를 맡아보고 싶었지만 그녀가 보는 앞에서 수상한 행동을 할 수는 없었다.

왜 하필 오늘 와가지고!

늘 반갑던 그녀의 방문이 오늘만큼은 달갑지 않았다. 그녀가 다가오는 것보다 배는 빠르게 걸음을 옮겨 그는 화장실로 향했다.

"나 볼일이 급해서!"

스스로 생각해도 수상해 보이는 행동이었지만 지금은 당장 상황을 모면하는 것이 중요했다.

끝까지 따라붙는 그녀의 시선을 무시하고는 화장실로 뛰어가 문을 닫았다.

이런 경우는 또 처음이라 현기증이 날 지경이다. 정말 기분만 그런 게 아닌지 화장실 거울에 비친 자신의 모습이 하얗게 질려 있다.

한숨을 내쉰 그는 재킷을 벗어서 냄새를 맡아보았다. 탈취제 덕인지 걱정한 만큼 크게 수상쩍은 냄새가 나진 않았다. 셔츠를 확인하고 여기저기 옷매무새를 가다듬었다.

다행스럽게 별달리 이상한 점은 없었다.

가만히 한숨을 내쉰 그의 눈에 세면대 옆 선반에 놓인 방향제가 보였다. 침이 꿀떡 넘어갔다.

마음 같아서는 저 방향제를 온몸에 뿌려대고 싶었지만 그랬다가는 도리어 더 수상하게 여기고 추궁당하고 말 것이다.

유혹을 참아낸 장택근은 마지막으로 옷매무새를 점검하고 화장실 밖으로 나섰다.

"헉!"

화장실 문 바로 바깥에 이지원이 서 있었다. 자신이 나오기를 기다린 듯 그가 나오기가 무섭게 물었다.

"볼일 다 봤어?"

여상스러운 말이지만 그 안에 흐르는 한기가 어찌나 강렬한지 장택근은 등줄기에 한기를 느끼고는 몸을 떨었다.

"어. 차에서 한참 참았더니……."

"그래?"

"죽는 줄 알았다니까."

스스로 생각해도 자신의 태도가 호들갑스러운 게 수상쩍게만 보인다.

하지만 어쩌랴. 당장 눈앞에 그녀가 있으니 몸이 저절로 반응하는 것을.

사실 따지고 보면 뭘 한 것도 없는데 억울하기도 했다. 그렇다고 떳떳한 것도 아니라 그는 말없이 식은땀을 흘렸다.

그녀가 눈을 가늘게 좁히고는 한참이나 그를 살펴보았다. 마치 무언가를 탐색하는 듯한 눈빛에 장택근은 심장이 쿵쾅거렸다.

"근데……."

한참 만에 그녀가 입을 열고는 말꼬리를 길게 늘어뜨렸다. 잔뜩 긴장한 그가 그녀의 입술을 뚫어져라 바라보았다.

"볼일 봤다면서 물은 안 내리고 나왔어?"

장택근은 그대로 굳어버렸다. 생각지도 못한 그녀의 말에 머리가 맹렬하게 회전했다. 그리고 순간적으로 결론을 내렸다.

"어, 그러네. 내가 정신이 없어서."

그렇게 말하고는 다시 몸을 돌려 화장실로 향했다. 서둘러 물을 내리고 아무렇지도 않은 듯 시치미를 떼면 어떻게든 상황을 모면할 수 있을 것이다.

그런데 화장실로 들어서려는 그를 그녀가 뒤에서 끌어안아 버렸다.

사람들이 흔히 말하는 로맨틱한 백허그가 아니었다. 마치 사냥감을 등 뒤에서 잡아챈 맹수처럼 등으로부터 가슴까지 꽉 끌어안은 그녀가 그의 등판에 코를 파묻었다.

"킁킁."

그녀의 콧소리가 이렇게 크게 들린 적이 있던가. 또 내 심장이 이렇게 뛰어댄 적이 있던가.

"흐음."

그녀의 손아귀를 떨쳐낼 생각도 하지 못한 채 그대로 굳어버린 장택근은 그녀의 묘한 한숨 소리에 심장이 뚝 하고 떨어지는 기분이 들었다.

그녀가 천천히 그를 품에서 놓아주었다. 이미 머릿속에서 변기 물을 내리는 것 따위는 까맣게 지워진 장택근이 몸을 돌려 그녀를 바라보았다.

가늘게 눈을 뜬 그녀가 자신을 뚫어져라 살펴보고 있다.

이지원 특유의 그 투명한 눈매에 그는 마치 알몸으로 그녀 앞에 선 것처럼 속이 속속들이 까발려진 느낌이 들었다.

그리고 그 순간 장택근은 모든 것을 포기했다. 이지원은 바보가 아니다.

수상하기만 한 자신의 행동과 여러 가지 상황을 유추하여 오늘의 일을 추리하는 것은 일도 아니었다.

"좋은 데 갔었구나?"

역시나 그녀는 모든 사실을 눈치채고 있었다.

"어? 아!"

자기가 생각해도 얼빠진 대답이다. 긍정도 부정도 아닌 애매한 소리에 그녀의 눈매가 대번에 찌푸려졌다.

"왜 그렇게 떨어? 내가 뭐 잡아먹어?"

그녀의 말에 장택근은 차라리 당당하게 굴기로 마음먹었다.

"아니, 그건 아니고, 술도 마셨고 이래저래 피곤해서."

나 일하고 돌아온 거다, 놀다 온 거 아니다, 이런 뉘앙스로 이야기하니 그녀가 눈을 동그랗게 떴다. 아무래도 갑작스러운 그의 태도 변화에 놀란 모양이었다.

"정 감독님이 그런 데 맛 들렸는지 도저히 놔주지를 않더라고."

그래도 연기 밥 먹은 지 몇 년 됐다고 자신이 생각해도 꽤나 그럴싸한 연기였다.

"아, 그러서? 그래서 지금 등짝에 여자 냄새 범벅을 하고 왔어?"

하지만 역시나 그녀에게는 통하지 않았다.

그 뒤로부터 그는 한참이나 시달려야 했다. 그래도 그녀라면 어느 정도는 이해해 줄 거라 생각했는데 그건 그 혼자만의 생각이었다.

자존심 강하고 도도해서 어지간하면 질투를 내비치지 않던 그녀지만, 오늘만큼은 작정을 했는지 그를 들들 볶아댔다.

"그래서 좋디? 어린애들이랑 노니까 좋아?"

"아주 끌어안고 놀았구만. 어휴, 냄새 밴 것 봐. 꼴에 향수는 좋은 거 썼네."

"도대체 무슨 짓을 하면 이렇게 전방위적으로 냄새가 밸 수가 있어?"

대답할 기회조차 주지 않고 쏘아붙이는 그녀 탓에 장택근은 머리가 멍해질 지경이었다.

그렇게 한참을 시달리다 보니 뒤늦게 억울한 생각이 들었다.

뭐라도 했으면 억울하지나 않지.

자기 딴에는 철벽 방어를 한다고 하다고 돌아왔는데 이런 대우를 받으니 슬슬 화가 나려고 했다.

하지만 이지원은 역시 이지원이었다. 그의 표정이 군자 그녀의 잔소리가 딱 멈췄다.

"앞으로는 잘해. 사회생활하다 보면 남자가 그런 데 갈 수도 있다는 거 아는데 그래도 내 입장이 돼봐. 기분이 좋으려야 좋을 수가 없지."

그렇게 한 번에 정리를 하니 다 끝난 이야기에 대해 항변을 하기도 그렇고 그의 속만 부글부글 끓어댔다.

"끝이야?"

"왜? 더 해줄까?"

한숨을 내쉬며 물으니 그녀가 심드렁한 얼굴로 대꾸했다.

이렇게 보니 방금 전까지 자신을 내내 괴롭힌 것이 거짓말처럼 시큰둥한 얼굴이다. 아니, 정말로 화가 나긴 했나 싶을 지경이다.

하기야 지금 와서 생각해 보면 이 바닥에서 잔뼈가 굵은 그녀가 이런 일을 이해 못할 리 없었다.

어쩌면 그녀는 앞으로도 선을 넘지 말라며 경고를 한 것일지도 모르겠다.

"끄응."

그가 앓는 소리를 내뱉었다.

"가서 씻고 와. 냄새나 죽겠어."

그녀의 말에 와락 인상을 찌푸린 그는 욕실로 향했다. 욕실에 들어서기가 무섭게 셔츠를 벗고 냄새를 맡아보았다.

탈취제와 범벅이 된 술 냄새뿐 그 어디에도 여인의 향기는

남아 있지 않았다. 대체 그녀는 어떻게 냄새를 맡은 걸까 의
아할 지경이다.

그냥 찔러본 것인데 자신이 유도심문에 걸린 것은 아닌지
해서 셔츠에 코를 박고 킁킁거려 보았지만 역시나 그저 탈취
제와 술 냄새뿐이다.

짐작으로 넘겨짚었다고 하기에는 희미하게 남은 신소영의
잔향, 향수 브랜드까지 알아낸 그녀다. 정말 초인적인 후각이
다.

여자들은 원래 이렇게 개코인가.

자신도 아마존을 다녀온 이후로는 어지간한 사람 이상으
로 오감이 예민해졌다고 자부하는데 이런 부분에 있어서는
그녀가 더욱 민감한 모양이었다.

그래도 정말 불같이 화라도 낼 줄 알았는데 그나마 이 정도
로 끝이 나서 다행이라면 다행이었다.

역시 같은 업계에서 일하다 보니 이 바닥의 생리를 꿰차고
있는 그녀인지라 선을 넘을 정도로 자신을 몰아세우진 않았
다.

쏴아아아 하고 쏟아지는 물줄기에 몸을 가져다 대니 그나
마 피로가 조금은 가시는 기분이 들었다.

　　　*　　　*　　　*

샤워를 마치고 나온 장택근은 이리저리 고개를 돌려 살폈다. 방금 전까지 거실에 앉아 있던 이지원이 보이지를 않았다.

말도 없이 갔을 리 없는 그녀인지라 그가 한참을 더 고개를 빼고 보니 침대에 누워 있는 그녀가 보였다.

얇은 홑이불을 덮고 고개만 빠끔히 내민 그녀가 베개에 뺨을 기댄 채 자신을 빤히 바라보고 있다. 새하얀 시트에 그대로 드러난 그녀의 아찔한 굴곡, 그리고 묘하게 끈적끈적한 그녀의 시선에 그의 심장이 뛰어댔다.

"뭐 해? 빨리 말리고 들어와."

그녀가 이불을 들어 들어오라는 시늉을 하는데 이불 아래로 보이는 풍경이 심상치 않았다.

"음."

저도 모르게 코 평수가 넓어져 벌름거리며 몸의 물기를 닦아냈다. 그가 몸의 물기를 닦는 내내 그녀의 시선이 자신을 따라다니자 그는 신체의 일부분이 묵직해지는 것을 느꼈다.

결국 듬성듬성 남은 물기를 닦는 둥 마는 둥 하며 침대로 뛰어들었다.

"앗! 차가!"

막 샤워를 끝낸 차가운 맨살이 닿자 그녀가 질색을 했다.

몸을 움찔거리며 떨어대는 그 모습에 괜히 통쾌해진 장택근은 작정하고 그녀에게 달라붙었다.

"하지 마!"

이미 얇은 속옷 한 장만을 남겨두고 있던 그녀가 그 차가운 감촉에 비명을 질러댔다.

하지만 그는 좀 전에 시달린 것에 대한 복수라도 하듯 끈덕지게 달라붙었다.

"으음."

그의 몸이 그녀의 체온으로 데워졌을 무렵, 그녀의 입에서 달뜬 신음이 흘러나오기 시작했다.

어디를 어떻게 한 것인지 이리저리 몸을 비트는 그녀가 단숨을 내뱉었다.

장택근도 방금 전의 유치한 복수 따위는 이미 까맣게 잊고 정신없이 그녀의 몸을 쓸고 훑고 주물러 댔다.

그 어떤 예술품도 하찮아 보일 정도로 그녀의 몸은 그를 미치게 만드는 마력이 있었다.

군살은커녕 탄탄한 복근마저 느껴지는 그녀의 피부는 탄력적이면서도 보드라웠고, 때로는 부드럽고 때로는 격한 곡선의 끝은 부드럽고 포근했다.

게다가 평소 도도하기만 한 그녀가 이럴 때 보이는 표정이 얼마나 애처로운지 묘한 가학적인 마음마저 들었다.

한참을 그렇게 몸을 탐하다 보니 이제는 도저히 참을 수가 없게 되었다. 진즉부터 이리저리 흩어져 입으나마나 하게 된 그녀의 속옷을 완전히 벗겨낸 그가 그녀를 빤히 바라보았다.

그녀가 작게 고개를 끄덕였다. 그녀의 허락이 떨어지자 그가 하체를 들이대는데 순간 그녀의 고운 손이 그의 가슴팍을 밀어냈다.

왜?

중요한 순간에 제지당한 그가 의문 어린 시선을 보내자 그녀가 벌게진 얼굴로 가쁜 숨을 참으며 물었다.

"그래서 했어, 안 했어?"

그녀의 말에 장택근이 와락 얼굴을 찌푸렸다.

*　　　*　　　*

아침에 눈을 뜬 장택근은 다시 눈을 감고는 한참이나 더 푹신푹신한 침대의 안락함을 만끽했다. 게다가 곁에서 느껴지는 따뜻한 온기에 도무지 침대 밖으로 나가고 싶지 않았다.

부드러우면서도 따뜻한 이지원의 몸을 끌어안고 그는 한참을 더 침대에 누워 있었다.

그렇게 오랜만에 평화로운 한때를 즐기고 있다 보니 이지원의 눈꺼풀이 파르르 떨린다.

이제 막 잠에서 깬 탓인지 힘겹게 눈을 뜬 그녀가 장택근을 발견하고는 멍한 표정을 지었다.

전날 밤 지나칠 정도로 시달린 그녀인지라 눈을 뜨고도 한참이나 더 눈만 껌벅이는 게 평소의 도도한 얼굴과는 달리 백치미마저 느껴질 지경이다.

장난기가 돈 장택근이 그녀의 코를 슬쩍 튕기자 아야 하고 작게 소리친 그녀가 뒤늦게 잠이 깬 모양인지 입을 열었다.

"언제 깼어?"

잔뜩 잠기고 가라앉은 음성이 어쩐지 섹시하게 느껴진 장택근이 코 평수를 넓히자 그녀가 그의 가슴팍을 잡고는 슬쩍 밀어냈다.

"짐승. 나 더는 못해."

샐쭉하니 눈을 흘기며 말하는 모습 또한 매력적인지라 장택근이 콧김을 내뿜었다.

"뭘 못해?"

짓궂게 묻자 그녀가 눈을 가늘게 좁히고는 모르는 척 시치미를 뗐다.

"진짜 힘들어."

하지만 막 아침에 깨어난 탓에 활력이 넘치는 장택근은 그녀의 말을 무시하고는 그녀의 위에 올라탔다.

"아, 진짜!"

그녀가 미간을 찌푸리며 거부했지만 그 모습이 더욱 자극적이다.

잔뜩 흐트러진 머리 하며 잠에서 막 깬 탓에 허스키하게 잠긴 목소리, 그리고 무엇보다도 어딘지 모르게 멍한 표정이 그를 더욱 흥분하게 만들었다.

싫다고 버티는 그녀를 온갖 노력으로 공략한 장태근의 손길에 결국 그녀가 호응해 왔다.

"아침부터 이게 뭐야."

힘들다는 말이 농담이 아닌지 침대에서 일어난 그녀는 다리에 힘이 풀려 휘청거렸다. 하얀 시트를 몸에 돌돌 말고는 샐쭉한 표정으로 핀잔을 주지만 그게 정말로 싫어 보이지는 않았다.

"네가 정말 예뻐서."

장태근이 능글맞게 지껄여 대니 그녀가 한숨을 쉬고는 욕실로 사라졌다.

가만히 그녀가 사라진 자리를 바라보던 그의 눈이 반쯤 감겼다. 아침부터 힘을 뺐더니 온몸이 노곤한 것이 나른했다. 결국 욕실 쪽을 바라보던 눈이 감기고 수마가 그를 찾아들었다.

웨에에엥.

시끄러운 소리에 장태근이 천천히 눈을 떴다. 깜빡 잠이 들었다 깬 그는 눈을 껌벅이다 몸을 일으켰다. 소음이 들려오는 화장실 문을 빠끔히 열자 한창 헤어드라이기로 머리를 말리고 있는 이지원이 보였다.

그래도 오래 잠든 것은 아니었는지 그녀의 머리가 채 마르지 않고 촉촉해 보인다.

화장기 하나 없는 얼굴이지만 괜히 여신이라 불리는 그녀가 아닌지라 오히려 그 맨 얼굴이 믿을 수 없이 싱그러웠다.

물기가 남은 머리를 이리저리 흔들며 머리를 말려대던 그녀의 몸을 가린 것이라고는 샤워타월 한 장이 전부였다.

"어, 왜? 더 자지."

머리를 말린다고 이리저리 목을 드러내고 물기를 털어내던 그녀가 문틈으로 자신을 바라보는 그를 발견하고는 미소를 지어 보였다.

"아냐. 다 잤어."

그렇게 말하고는 문가에 기대선 그는 자리를 떠날 생각을 하지 않았다.

"왜?"

한쪽으로 머리를 모아 새하얀 목이 그대로 드러난 그녀의 모습에 장택근이 침을 꿀꺽 삼켰다.

"진짜 더는 안 된다."

그녀가 장택근의 표정을 보며 심상치 않은 기색을 느꼈는지 단호한 얼굴로 말했다.

"누가 뭐래?"

찔끔한 그가 괜히 퉁명스럽게 대꾸하니 그녀가 다시 입을 열었다.

"왜 거기 그러고 섰어?"

"우리 지원이가 진짜 예쁘긴 하구나."

그의 칭찬에 잠시 바쁘게 놀리던 손을 멈춘 그녀가 너무도 당당하게 그 말을 받았다.

"나 예쁜 거 이제 알았어? 복 받은 줄 알아."

그 뻔뻔한 모습에 괜스레 웃음이 나와 피식 미소를 지으니 그녀의 손이 다시 분주해졌다.

"오늘 일 없지?"

문득 생각났다는 듯한 그녀의 말에 장택근이 고개를 끄덕였다.

"내일까지는 별다른 일 없을걸."

"잘됐네."

한참 머리를 말리다 이내 귀찮아졌는지 그녀가 물기가 아직 촉촉하게 남았는데도 불구하고 헤어드라이기를 껐다.

"오늘 같이 있으면 되겠네."

그녀의 말에 장택근이 눈을 껌벅거리다가 이내 환하게 미소를 지어 보였다.

"어? 너도 오늘 스케줄 없어?"

무표정한 얼굴로 고개를 끄덕이는 그녀지만 미세하게 얼굴이 상기되어 있다.

이제는 이 정도 표정 변화만으로도 그녀가 설레고 있다는 사실을 파악하는 경지에 이른 장택근이 단숨에 달려가 그녀를 안아 들었다.

"좋아?"

"당연히 좋지. 얼마 만에 제대로 같이 시간을 보내는 건데."

스케줄을 맞추기가 쉽지 않아 그간 새벽에나 잠깐씩 봐오던 것이 못내 안타깝던 장택근이 기쁜 기색을 숨기지 못하고 말하자 그녀가 희미한 미소를 지어 보였다.

"어?"

그렇게 그녀를 안아 들고는 소란을 떨어대는데, 그녀의 몸을 감싸고 있던 샤워타월이 흘러내렸다. 뽀얀 그녀의 속살에 장택근이 순간적으로 몸을 멈추고는 군침을 삼키는데 이지원이 단호하게 말했다.

"안 돼."

하지만 이미 새하얀 속살을 목격한 그가 그녀의 말을 들을 리가 없었다.

금세 또 콧구멍이 넓어지며 콧김을 내뿜는 그의 모습을 보고는 그녀가 슬쩍 샤워타월을 추켜올렸다.

"음."

그래도 좀 전에 정말로 휘청거리는 그녀의 다리를 본지라 장택근이 차마 달려들지는 못하고 군침만 꿀떡꿀떡 삼켜댔다.

"빨리 씻어. 아침 나가서 먹자."

그녀의 말에 말 잘 듣는 아이처럼 고개를 끄덕인 그가 그대로 옷을 벗어젖히고는 샤워기의 물을 틀었다.

4장

데이트

평화로운 아침을 보낸 연인은 만반의 준비를 하고 집을 나섰다.

　그 만반의 준비라는 게 갑작스레 추워진 겨울날의 추위에 대한 대비뿐만이 아니라 선글라스에 모자, 목도리까지 도대체가 얼굴이 보이지가 않았다.

　"으, 갑갑하다."

　"갑갑한 게 문제가 아니라 이게 오히려 더 수상해 보이지 않아?"

　목도리를 죽 잡아당기고 목을 잡아 뺀 장택근이 답답하다며 아우성을 치자, 이지원이 엘리베이터의 벽 한편에 붙은 거울을 보며 시큰둥하게 말했다.

"그래도 안 가리는 것보다는 낫지 않아?"

"가린다고 가려지는 것도 아니고."

이지원이 예의 그 자신감에 찬 태도로 대꾸하고는 거울 속의 자신을 이리저리 비추어 보았다.

"그래도 겨울이라 옷이 두꺼워서 별로 태가 안 나서 다행이지."

그의 말에 그녀가 살짝 미간을 좁혔다.

"뭐?"

"아니, 그렇잖아. 여름이었으면 네 몸매 그대로 드러나서 얼굴만 가린다고 될 것도 아니었을 텐데."

제 딴에는 칭찬이랍시고 코를 벌름거리며 말을 해대는데 그녀의 표정이 별로 좋지 않았다.

"그럼 지금은 평소 같지 않다는 거야?"

그녀의 말에 장택근은 일시지간 말을 잃고는 눈만 껌벅거렸다.

그 얘기가 그렇게 되나?

말하고 보니 지금은 몸매가 다른 사람이 보기에 별달라 보이지 않아 보인다는 말처럼 들릴 수도 있겠다 싶었다.

"아니, 그건 아니고, 여름보다는 그나마 나을 거란 말이지."

수습이랍시고 이 말 저 말 주워섬겨 보지만 이지원의 얼굴에 미묘한 냉기가 서려 있다.

결국 지하 주차장에 도착할 때까지 온갖 말로 그녀의 비위를 맞춰주자 겨우 평소의 미소를 볼 수가 있었다.

그녀를 달래느라 진땀을 흘리면서도 그는 별로 피곤하지 않았다.

평소 자신감이 넘치는 모습을 보여주다 가끔 이런 모습을 보여주는 것도 싫지 않았다. 다른 사람들은 모르는 자신만이 아는 진짜 이지원의 모습이다.

대중들이 아는 잘 포장된 여신 이지원도 아니고, 방송가에 소문이 자자한 꼴통 이지원도 아니다. 여느 평범한 또래의 여자와도 같은 모습, 그 모습을 자신만 볼 수 있다고 생각하니 절로 웃음이 나왔다.

"왜 웃어?"

뻔히 기분이 풀린 것을 아는데 짐짓 아직 화가 풀리지 않았다는 듯 차갑게 말하는 그녀의 모습이 정말 사랑스러웠다.

"아냐. 같이 있으니까 좋아서."

노골적인 그의 감정 표현에 그녀가 얼굴을 붉혔지만 제 딴에는 태연한 얼굴을 해보이고는 차에 올랐다.

"하루 종일 주차장에 있을 거야?"

핀잔을 주는 그녀의 얼굴에 설렘이 가득했다.

*　　　*　　　*

"우리 이렇게 이 시간에 밖에 나온 건 처음이지?"

장택근이 잔뜩 들뜬 얼굴로 묻자 그녀가 슬쩍 미소로 대답을 대신했다.

아무래도 두 사람 모두 연예인, 그것도 한창 잘나가는 배우이니 공개적으로 돌아다닐 수가 없는 입장이다.

개인적인 입장이야 당장에라도 대중들 앞에 떳떳이 나서서 공개 연애를 하고 싶지만, 소속사의 입장은 또 그렇지가 않으니 사람이 많은 곳에는 나가기가 쉽지 않았다.

게다가 데이트라고 해봐야 촬영과 촬영 사이에 비는 잠깐의 시간을 이용하는데 그게 대부분 새벽인지라 이런 대낮의 데이트가 생소하게 느껴질 지경이다.

"어디 갈까? 어디 가고 싶은 데 없어?"

그의 말에 이지원이 기다렸다는 듯이 대꾸했다.

"아침 고요 수목원. 거기 가보고 싶어."

그녀의 대답이 의외다. 내심 바다를 염두에 두고 있던 장택근이 눈을 동그랗게 뜨고 물었다.

"수목원? 그런 데 가고 싶어?"

"응. 서울은 갑갑하잖아."

그렇게 말한 그녀가 좀처럼 보이지 않던 내심을 털어놓았다.

"허구한 날 촬영인데 어떻게 된 게 전부 실내 촬영이야. 좁아터진 스튜디오에 앉아서 벽 보고 천장 보고 떠들어대느라 숨이 막혀 죽을 것 같아. 진짜 좀 상쾌한 공기 좀 마시고 싶어."

그녀의 말을 듣고 보니 그녀가 수목원에 가자는 이유를 알 수 있을 것 같았다.

"등산이라도 가고 싶은데 둘 다 등산할 복장은 아니잖아? 그러니 그냥 수목원이라도 가자는 거야."

그나마 자신은 야외 촬영이 많아 야외로 나갔다 하면 교외의 한적한 곳까지 나가는지라 갑갑함이 덜했지만, 요 근래 스튜디오 촬영이 대부분인 그녀는 갑갑한 모양이었다.

게다가 장택근이 알기로 그녀는 아역으로 데뷔하여 그 이후로 쭉 공백기 없이 활동했다.

나이에 비해 상대적으로 일상사에 서툴고 주변 일에 무심한 이유가 여기에 있었다.

그녀에게는 방송이 세상의 전부라고 할 수 있을 것이다. 그렇게 꽉 막힌 세상 속에서 근 20년을 활동해 왔으니 갑갑할 만도 했다.

"굳이 수목원이 아니어도 돼. 나무 많고 공기 좋은 데로 가자."

마침 신호 대기 중이던 장택근이 오른손을 들어 그녀의 뺨을 어루만졌다.

마치 어리광이라도 부리듯 그의 손바닥에 볼을 붙여오는 그녀가 어찌나 안쓰러운지 그는 한참을 그리 그녀의 뺨을 쓰다듬었다.

"가자. 어디든."

장택근의 말에 그녀가 고개를 끄덕였다. 다시 신호를 받은 차량이 부드럽게 도로를 주행해 마침내 한적한 도로로 나왔다.

"근데 가기 전에 밥은 먹고 가자. 배고프다."

그녀의 말에 그제야 아무것도 먹지 못했다는 사실을 깨달은 장택근이 고개를 끄덕이는데, 좀 전부터 혼자 휴대폰을 만지작거리던 것이 맛집 정보라도 찾은 모양이다. 그녀가 대번에 내비게이션을 두들겼다.

"닭 먹자. 콜?"

그녀의 말에 내비게이션을 보니 원조 토종닭 백숙이라 쓰인 상호가 화면에 떠올라 있다.

"콜!"

의식적으로 더욱 유쾌하게 소리치니 그녀가 환하게 미소를 지었다.

*   *   *

　이지원이 찾아낸 맛집은 교외의 한적한 도로변에 있었다. 시간이 어정쩡한 탓인지 손님이 보이지 않아 자리는 무척 편했다.

　게다가 종업원이라고 해봐야 나이가 70은 되어 보이는 노인 한 명뿐이었다.

　"뭐 하는 겨! 식사 자리에선 그러고 있는 거 아녀!"

　그래도 혹시 몰라 얼굴을 가리고 있던 이지원과 장택근은 노인의 호통에 찔끔해서 후드 티의 모자를 벗었다.

　"아따 훤칠하니 인물 좋구만 뭐 하러 가리고 다니는겨. 탤런트 해도 되겠구만."

　노인의 말에 장택근이 곤란한 얼굴로 감사하다 말하니 맞은편에 있던 이지원이 피식 웃어 보였다.

　"잘 먹을게요, 할머니."

　예쁘게 보조개를 만들며 말하는 그녀를 보고는 노인이 눈을 끔벅거리며 한마디 했다.

　"마누라 간수 잘혀. 인물이 반반허니 머스마들 좀 꼬이겠어."

　돌아서며 하는 노인의 말에 장택근과 이지원이 유쾌하게

웃었다.

식사는 만족스러웠다. 어지간한 대식가인 이지원마저도 만족할 정도로 양도 많고 맛도 훌륭했다.

흔히 방송이나 인터넷에 떠도는 소문만 무성한 맛집이 아니라 진짜 오랜만에 제대로 토종 백숙을 맛볼 수 있어 두 사람 모두 행복했다.

"잘 가."

구수한 노인의 인사를 받으며 식당을 나선 그들은 기분 좋게 수목원으로 향했다.

*   *   *

"아, 좋다!"

겨울바람이 제법 찼지만 답답한 도시와는 차원이 다른 상쾌한 공기에 저도 모르게 감탄사가 나왔다.

그가 코를 벌름거리며 깊게 숨을 들이마시는데 곁에 있던 이지원이 슬쩍 얼굴을 가리고 있던 목도리를 내리고는 그를 따라 했다.

수목원에 도착한 이지원은 생기가 돌았다. 다소 무표정하고 건조한 얼굴을 하고 있던 그녀가 수목원의 울창한 수림에 들어선 이후엔 내내 잔뜩 풀어진 편안한 표정을 짓고 있었다.

"그렇게 좋아?"

"응. 전부터 꼭 와보고 싶던 곳이야."

한적한 산책로를 걸으며 그녀가 밝은 얼굴로 말했다. 평소 보지 못하던 생생한 미소가 눈부실 지경이다.

진즉 한번 같이 올 걸 하고 생각한 그는 천천히 산책로를 주변을 둘러보았다.

수목원에는 평일 낮이라 그런지 사람이 많지 않았다. 그나마 간간이 보이는 사람들도 우르르 몰려다니며 일본어로 떠들어대는 것이 일본인 관광객으로 보였다.

장택근과 이지원은 대담하게도 손을 꼭 붙잡았다. 평소 연예인이라는 직업 때문에 대부분 집에서 만남을 가져야 했던 그들은 사소한 행위만으로도 행복해하며 미소가 끊이지 않았다.

그들이 이렇게나 자유롭던 적이 있었던가.

기분이 좋아진 장택근이 깍지를 낀 손을 흔들어대니 이지원이 샐쭉한 표정을 지어 보이다가 금세 미소를 지었다.

행복하다. 경치도 좋고 공기도 좋다. 게다가 함께하는 이까지 좋으니 이보다 더 좋을 수 없었다.

이지원도 자신과 그리 다르지 않은 기분인지 평소 볼 수 없던 온화한 얼굴로 수목원의 이곳저곳을 살펴보며 내내 미소가 떠나지 않았다.

그 모습이 너무도 사랑스러워 장택근이 장난스럽게 그녀의 뺨에 입을 맞추었다.

"뭐 하는 거야?"

그녀가 눈을 동그랗게 뜨고는 주변을 둘러보더니 이내 사람이 없다는 것을 깨닫고는 입을 삐죽거렸다. 하지만 역시나 웃음이 가시지 않은 음성이 기분 좋아 보였다.

한참을 그렇게 수목원을 돌다 보니 조금 대담해진 그들은 답답한 목도리며 선글라스를 벗었다.

"진짜 좋다."

드물게 이지원이 감정 표현을 연달아 했다. 말뿐이 아닌지 그녀의 얼굴에 생기가 돌다 못해 빛이 날 지경이다.

그저 오랜만에 교외의 한적한 곳에서 데이트를 즐긴 탓이라고 하기에는 지나칠 정도로 그녀의 얼굴이 생생했다.

그리고 시간이 지날수록 그녀의 얼굴은 더욱 밝아졌다. 나중에 가서는 그 은은한 미소가 너무도 빛이 나 지나가던 사람들마저 멀리서 힐끗 보고는 넋을 잃을 정도였다.

"뭐가 그렇게 신나?"

그녀가 하도 기분이 좋아 보여 물으니 그냥 다 좋다며 깍지를 끼고 있던 손을 풀고는 앞으로 뛰어갔다.

"나무도 좋고, 햇살도 좋고, 공기도 좋아!"

그녀의 말에 평소 볼 수 없던 유치함이 묻어 있었지만, 그만큼 솔직한 심정이 와 닿았다.

그렇게 얼마나 산책로를 돌고 돌았을까.

꽤나 오랜 시간을 걸었음에도 이지원은 힘든 기색 하나 보이지 않았다. 아니, 오히려 시간이 지날수록 생기가 더해갔다.

"안 힘들어?"

체력이 어지간히 좋은 그마저도 많이 걸었다 싶을 지경인데 그녀는 웃는 얼굴로 고개를 도리질 쳤다.

"우리 사진 찍자!"

품속을 뒤져 휴대폰을 꺼내 든 그녀가 손짓하며 장택근을 불렀다.

"하나, 둘, 스마아일!"

수목원을 배경으로 둘이 뺨을 붙이고 있는 모습이 행복해 보인다.

여신이라고 칭송받는 그녀지만 사실 인터넷에 돌아다니는 그녀의 사진을 보면 연기할 때를 제외하고는 웃는 얼굴이 하나도 없었다.

오죽하면 그녀의 팬들이 입꼬리가 살짝 올라간 사진만 봐도 '현웃 터진 이지원'이라는 제목으로 글을 올리며 열광하겠는가.

모르긴 해도 방금 찍은 사진이 올라가면 인터넷 게시판이 난리가 날 것이다.

"좀 앉아서 쉴까?"

그렇게 한참을 더 돌고 보니 얼추 세 시간은 걸은 것 같았다. 아마존을 다녀온 이후 체력이 비약적으로 좋아진 그인지라 크게 힘들다거나 하진 않았지만 슬슬 그녀가 걱정되었다.

"왜, 힘들어?"

하지만 그녀는 오히려 생기가 넘치는 얼굴로 아쉽다는 얼굴을 해보였다.

그 얼굴 어디에도 지친 기색이 보이지 않아 그는 헛웃음을 흘렸다.

"아니, 그렇진 않은데, 너 힘들잖아."

지나칠 정도로 신이 난 그녀를 보며 내일이면 다리가 아파 고생이라도 할까 싶어 장택근이 먼저 길가에 놓인 벤치에 엉덩이를 붙였다.

한겨울의 공기에 차게 식었을 거라 생각한 그의 예상과는 다르게 볕이 좋은 곳이라 그런지 두꺼운 옷 너머로 온기가 느껴졌다.

"앉자. 잠깐 앉아 있다 가자."

그의 말에 그녀가 마지못해 벤치에 앉았다.

"캬, 좋다!"

벤치에 앉아 한적한 수목원을 둘러보니 마치 어느 평범한 여인들의 데이트와 다르게 느껴지지 않았다.

"맨날 이랬으면 좋겠다. 그치?"

절대 가능할 리 없지만 마음만큼은 매일 오늘 같았으면 좋겠다는 생각이 들었다. 그의 말에 그녀가 고개를 끄덕이고는 머리를 기대었다.

"요즘 힘들지?"

그녀의 말에 장택근이 흠칫하다가 이내 평온한 신색으로 대꾸했다.

"그냥 뭐……."

일이 고되다거나 촬영이 힘든 것이 아니다. 아마존을 다녀온 이후로 끝나지 않는 끈질긴 저주가 힘든 것이다.

요 며칠은 악몽을 꾸지 않았지만 그래도 마음이 마냥 편한 것만은 아니라 그의 얼굴이 조금은 어두워졌다.

"조금 더 지나면 괜찮아질 거야. 오빠도, 재영 언니도, 신애도, 그리고 다른 사람들도."

그러고 보니 그녀는 다른 이들과는 다르게 아마존을 다녀온 이후 내내 평온했다는 말이 떠올랐다.

"피곤하면 내 다리 베고 누워."

그가 한숨을 푹 내쉬니 아무래도 그가 지쳤다고 생각한 모양인지 그녀가 그의 머리를 살짝 잡아당겨 자신의 허벅지에 올려두었다.

탄탄하면서도 보드라운 그녀의 허벅지에 머리를 기대고 있으니 장택근은 방금 전에 떠오른 음울한 생각이 희미해지는 것을 느꼈다.

배도 든든하게 채웠고 햇볕은 따뜻하다.

나른한 기분에 미소를 짓고 있던 그의 눈이 천천히 감겼다.

*　　　*　　　*

꿈속의 자신은 또다시 숲길을 걷고 있었다.

걸어도 걸어도 보이는 것이라고는 쭉 뻗은 탁한 빛깔의 도로뿐이었다.

목적도 없고 이유도 모른 채 그저 걷고만 있는 그의 뒤로 생경한 소리가 따라붙었다.

사삭.

낙엽을 지르밟는 소리 같기도 하고 누군가가 양손을 마주비벼대는 소기 같기도 했다.

조금씩 가까워지는 소리에도 장택근은 뒤도 보지 않고 걸음을 옮겼다.

한참을 그렇게 걷던 그가 돌연 걸음을 멈췄다. 새파란 불빛을 내쏘는 휴대폰을 이용해 이리저리 둘러보는데 어둠이 그때마다 요동을 치며 자리를 내주었다.

빛이 닿지 않는 곳은 아무것도 존재치 않는 그저 순수한 어둠 자체였다.

그런 어둠 속에서 선명하게, 그리고 일정한 간격으로 들려오던 소리가 점차 가까워졌다.

장택근은 자세를 낮추었다. 휴대폰 불빛에 파르스름하게 보이는 숲의 한구석을 노려보았다.

그리고 어느 순간이 되자 희미하게나마 세상을 비춰주던 파르스름한 플래시마저 사라져 버렸다. 그리고 어둠 속에 선명한 안광이 떠올랐다.

바람이 불었다. 어둠 속에서 누군가가 몸을 쓸어 만지듯 바람이 그를 스쳐 갔다.

어둠뿐이던 세상이 천천히 윤곽을 드러냈다. 더 이상 그가 걸어온 도로는 존재하지 않았다.

그저 사람 두엇 설 좁은 공간을 제외하고는 온 세상이 울창한 수림이었다.

그런 수림을 헤치고 그림자 하나가 몸을 드러냈다. 긴 머리를 풀어헤치고 말없이 그에게 다가온 그림자의 모습이 낯익었다.

마치 마네킹과도 같이 잘빠진 몸의 그것이 천천히 그에게 다가섰다.

그는 이를 악물고 숨을 거칠게 몰아쉬며 그림자에게 마주

다가섰다. 그리고 마침내 그림자와 숨결이 닿을 만큼 가까워진 그 순간 장택근이 그림자의 양팔을 세게 그러쥐었다.

풍성한 머리에 그 중심에 위치했을 자그마한 얼굴, 기다랗게 뻗은 목까지 모든 것이 완벽할 정도의 곡선을 그리는…….

"지원아?"

그의 말에 이지원이 하얀 이를 드러냈다.

가지런한 이를 보며 그는 다시 한 번 찢어질 듯 눈을 부릅떴다.

어둠 속에서 유달리 창백하게 빛나는 그녀의 얼굴, 그 뺨으로 한줄기 빨간 선이 그어졌다.

우는 듯 웃는 듯 기괴한 얼굴을 한 그녀가 입을 열었다.

'…줘'

*   *   *

"허억!"

막혔던 숨통이 트였다. 짓눌려 있던 폐가 단번에 공기를 빨아들이자 가슴께가 뻐근하게 아파왔다.

하지만 그는 숨을 거칠게 몰아쉬는 것을 멈출 수가 없었다.

"오빠, 괜찮아?"

걱정이 가득 담긴 음성에 눈을 껌벅이니 이지원이 보였다.

눈을 동그랗게 뜨고 염려스러운 시선으로 자신을 내려다보는 그녀의 얼굴을 보니 꿈속의 마지막 모습이 떠올랐다.

하지만 꿈속에서 본 그녀와 지금의 그녀는 너무도 달랐다. 왜 자신이 동일인물이라 생각했을까 싶을 정도로 확연하게 다른 모습이다.

비록 염려스러운 기색이 가득하지만 생기가 넘치는 눈앞의 이지원과는 다르게 꿈속의 그녀는 생기는커녕 온기조차 느껴지지 않는 얼굴이었다.

창백한 얼굴로 웃는지 우는지 모를 표정을 하고 있던 그녀의 이목구비가 선명하게 기억나는 것은 아니지만 그 차게 식은 뺨을 타고 내리던 새빨간 액체만큼은 생생하게 떠올랐다.

"악몽 꿨어?"

눈을 끔벅거리다 보니 턱 끝까지 차올랐던 숨소리가 어느새 잦아들었다.

그녀의 말에 천천히 몸을 일으켰다.

그리 오랜 시간 잠든 것은 아니었는지 그림자가 자신이 잠들기 전과 크게 다르지 않았다.

"어."

짧게 대답하고는 양손으로 머리를 감싸 쥔 그를 이지원이 감싸 안았다.

그녀의 품에서 느껴지는 따스한 온기에 그는 천천히 안정을 되찾아갔다.

"우리 오빠, 정말 안 되겠다. 이렇게 힘들어서 어떻게 살아."

그렇게 말하는 그녀를 바라보니 역광에 그 얼굴이 제대로 보이지 않았다.

하지만 분위기만으로도 그녀가 정말로 속상해하고 있음을 알 수 있어 장택근은 안도의 한숨을 내쉬었다.

*　　　*　　　*

장택근은 이지원과 많은 이야기를 나누었다. 일전의 모임에서 한번 풀어놓기는 했지만 그때 말하지 못한 이야기가 있었다.

꿈속의 여인이 그녀와 닮았다는 이야기를 하니 그녀도 꽤나 놀란 눈치였다.

그 뒤로 헤어질 때까지 그간의 일들에 대해 이야기를 나누었다.

하지만 뭐 하나 명확하게 밝혀지지 않은 상황 속에서 여전히 악몽과 그림자의 실체는 오리무중이었다.

그녀의 모습을 떠올리며 장택근은 홀로 남은 방 안에서 생각에 잠겼다.

지난 몇 년간 그토록 자신을 괴롭혀 온 악몽이다. 하지만 곰곰이 생각해 보면 꿈을 꿀 때 괴롭다 뿐이지 악몽이 딱히 자신에게 해가 된 적은 없었다.

아마존의 경우만 떠올려 보아도 그렇다.

이제 와서는 그것이 악몽이었는지, 아니면 또 다른 무엇인지 알 수 없게 되어버렸지만 만약 꿈을 꾸지 않았다면 지금 어떻게 되었을까.

'꿈속에서 본 것처럼 여전히 아마존을 헤매고 있을지도 모른다.

악몽을 꾸었기 때문에 그 모든 일을 대비할 수 있었다.

그렇게 생각해 보면 그간 꾸었던 악몽이 혹시 자신에게 무엇을 말하려는 것이 있지 않을까.

가만히 오늘 꾸었던 꿈과 지난번에 꾸었던 꿈을 연결해 보았다.

갑갑한 나머지 집을 나선 자신이 외딴 길에서 헤매다 차도 길도 없이 어디가 어딘지 구분할 수 없게 된다. 그리고는 내내 따라다니던 그림자를 향해 이를 드러내는데, 그림자라고 튀어나온 것이 이지원과 똑같은 얼굴이다.

처음 그 꿈을 꾸었을 때까지만 해도 자신을 괴롭히던 그림자와 아마존의 저주가 바로 그 그림자일 거라고 생각했다.

하지만 무언가 달랐다.

막상 드러난 그림자의 실체는 공포스럽다기보다는 애처로 웠다.

창백한 뺨에 흘러내리던 한줄기 혈루(血淚)가 아직도 눈앞에 생생했다.

'…줘.'

그리고 그녀는 무슨 말을 하고 싶던 것일까. 유독 선명하던 소리 가운데 그녀의 마지막 한마디만 바람 소리에 먹혀 제대로 들리지 않았다.

"구해줘? 살려줘?"

그녀의 간절한 얼굴을 생각하면 떠오르는 말이 죄다 이런 것뿐이다. 그 얼굴은 누가 봐도 고통 속에 신음하는 모습이었으니까.

하지만 대체 뭐로부터 구해주고 살려달라는 말인지 도저히 알 수가 없었다.

한줄기 의심과 가정이 머릿속에서 퍼져 나가더니 이내 온 머릿속을 휘감아 버렸다.

하필 그림자의 얼굴이 이지원과 같다는 것이 가장 찜찜했다.

이지원. 그가 가진 예지력을 대충이나마 들어 알고 있는 유일한 사람이다.

다른 이들이 자신을 불신할 때도 그녀만큼은 아마존의 숲

한 기사를 말하며 믿음을 보여주었다.

지금에 와서는 가장 믿을 수 있고 사랑하는 연인이기도 한 그녀는 악몽 속에서 비참하게 스스로 목숨을 끊은 비운의 여인이기도 했다.

바로 그 점이 마음에 걸렸다.

아마존에서 아나콘다에게 습격을 받아 죽었어야 할 윤신애. 이지원과 비슷하지만 또 달랐다.

그녀는 실제로 아마존을 다녀온 직후 그림자에 시달리며 직접적인 환청과 환상까지 보며 벼랑 끝에 몰리기까지 했다.

실제로 그 스트레스를 견디지 못해 스스로 목숨까지 끊으려고 한 그녀이다.

아마존에서의 죽음도, 서울에서의 죽음도 그가 개입하여 바꾸어 버렸다. 그런데도 불구하고 그녀는 아직까지 악몽에 시달리고 있었다.

진재영 역시 그간 내색은 하지 않았지만 약물까지 복용할 정도로 스트레스에 시달리고 있었다.

김우영은 또 어떤가. 그 밝고 유쾌한 것 빼면 시체인 그까지도 악몽에 시달려 왔다.

그런데 유독 이지원만큼은 아무 일이 없다고 했다.

무언가 석연치가 않았다.

장택근은 이 모든 일의 전모와 해결책이 그녀 곁에 있음을 직감했다. 자신을 제외하고는 검은 재규어를 유일하게 본 그녀가 이 모든 사건의 중심이다.

하지만 거기까지다.

연결 고리가 거기서 더 이상 나아가지를 않았다. 밝혀진 일이라고는 죄다 그림자니 뭐니 하는 추상적인 이야기뿐이고 나머지는 모두 그의 짐작과 추리일 뿐이다.

명확한 해답이 나올 리가 없었다.

결국 한숨을 내쉰 그는 냉장고에서 맥주를 꺼내 뚜껑을 땄다.

시원하면서도 거친 맥주가 목구멍을 타고 흘러내리자 가뜩이나 차던 몸이 더욱 차게 식는 기분이 들었다.

"휴우."

한숨이 또다시 흘러나왔다. 인상을 잔뜩 찌푸린 그가 막 노트를 꺼내 정황과 심증을 정리하려는데 전화벨이 울렸다.

"여보세요?"

─어, 택근 씨. 난데.

추영훈의 목소리가 휴대폰 너머에서 들려왔다.

마침 부탁한 것이 있었기에 장택근이 반가운 얼굴로 그를 반겼다.

"예, 형. 제가 부탁한 그거 다 알아보셨어요?"

─그게 알아봤는데 말이지……

말꼬리를 흐리는 그의 음성에 왠지 불길했다. 괜스레 불안한 마음에 그가 재촉도 못하고 마른침만 삼키는데 추영훈이 엉뚱한 이야기를 했다.

―택근 씨, 오지형 카메라 감독하고 꽤 친했지? 전에 아마존 촬영도 오 감독 소개로 들어갔고.

갑작스러운 질문에 그는 가슴이 턱 막혔다. 마치 커다란 불운을 앞에 두고 언저리를 맴도는 듯한 기분에 그는 간신히 짧게나마 대답할 수 있었다.

"네, 친했어요."

―그래, 그럼 내가 그쪽으로 갈 테니까 조금만 기다려.

말을 끝맺지 않고 찾아오겠다는 그의 태도가 평소의 시원스러운 그답지 않았다.

장택근은 심장이 마구 뛰어댔다.

―검은 정장 있지? 그중에서 얌전한 놈으로 입고 기다려. 바로 가봐야 할 것 같으니까.

"왜, 왜요?"

터질 것 같은 심장 탓인지 스스로 생각해도 자신의 음성이 참으로 기괴했다.

신음도 비명도 아닌 억눌린 소리에 휴대폰 너머에서 한참이나 말이 없었다.

―오지형 감독이 오늘 세상을 떴어.

터질 것처럼 마구 뛰어대던 심장이 그대로 멈췄다.

—오늘 오후에 그렇게 됐다더라. 하여간 지금 당장 갈 테니까 기다려.

휴대폰이 손에서 흘러내렸다.

툭 하고 떨어진 휴대폰이 배터리와 본체가 분리되어 바닥을 나뒹굴었다.

하지만 장택근은 여전히 휴대폰을 쥔 것처럼 손을 그러쥐고는 한참이나 움직이지를 못했다.

5장

아마존의 저주

추영훈은 휴대폰을 내려놓고는 인상을 찡그렸다.

별다른 말이 오고 간 것은 아니지만 휴대폰 너머에서 들리는 장택근의 숨소리만 들어도 그의 충격을 짐작할 수 있었다.

방송국에 입사한 이후로 줄곧 친형제처럼 지내오던 오지형 감독과 장택근인데 일이 참으로 안타깝게 되었다.

"게다가 자살이라니……."

차마 사인까지는 밝힐 수가 없었다. 자살한 이유야 자신도 제대로 들은 것이 없지만, 친인들에게는 그 사실만으로도 억장이 무너지는 슬픔일 것이다.

무거운 마음으로 장택근의 집으로 향한 추영훈은 문 앞에서서 한참이나 망설이다 벨을 눌렀다. 벨을 누르기가 무섭게 문이 벌컥 열리고 검은 정장을 차려입은 장택근이 모습을 드러냈다.

"어, 택근 씨. 준비 다 했네."

상심에 잠겼다기보다는 아직까지 충격에서 헤어 나오지 못한 듯한 그의 모습에 추영훈은 안타까움을 금할 수가 없었다.

스스로 나락으로 떨어지면서까지 이지원을 보호하려던 의리의 사나이가 장택근이다. 그런데 그런 그에게 부고를 전해주는 입장이 되자 추영훈은 마음이 너무도 좋지 않았다.

"네."

별다른 질문도 하지 않았다. 그저 흐릿한 눈을 들어 자신을 바라보며 한마디 한 장택근의 모습에 한숨을 내쉰 그가 장택근의 옷매무새를 만져주었다.

"넥타이는 차에서 하자. 혹시 몰라서 가져왔어."

풀어헤쳐진 셔츠의 단추를 제대로 닫아주며 그렇게 말하자 장택근이 기계적인 동작으로 고개를 끄덕였다.

"어쩌다 그렇게 됐대요?"

차에 오르고 나서도 한참이 지나서야 장택근이 말을 꺼냈다. 그 잔뜩 잠긴 목소리가 어쩐지 감정을 간신히 참고 있는 듯해 추영훈은 괜스레 울컥했다.

"그게 여러모로 힘든 일이 많았나 봐."

룸미러로 보이는 망연자실한 장택근의 얼굴을 보며 그가 조심스레 이야기를 시작했다.

불면증과 극도의 불안증에 시달리던 오지형 감독은 고향으로 내려갔다.

하지만 그곳에서도 그의 불안증은 치료가 되지 않았던 모양이다. 아니, 오히려 더욱 심해져 나중에는 히스테리 증세까지 걷잡을 수 없었다고 한다.

결국 그 광증을 견디다 못한 아내마저 떠나고 혼자 남은 그는 날마다 술에 절어 살다가 스스로 목숨을 끊었다.

최대한 간략하게 감정을 절제한 설명에 장택근이 한숨을 길게 내뱉었다.

"그게 얼마나 됐는데요?"

밑도 끝도 없는 질문에 추영훈이 진땀을 흘렸다.

"아, 아내분이 떠난 거? 그게 1년 반이 좀 지난 모양이야. 나도 일단은 들은 거라서 정확한 사실은 모르고."

그렇게 말하고는 룸미러로 장택근의 눈치를 살펴보던 추영훈은 클랙슨을 울려댔다.

차 안의 공기가 너무도 갑갑했다. 그간 내 집의 내 방보다 함께한 시간이 길어 침대보다 편하게 느껴지던 운전석의 시트가 지금만큼은 불편하기 그지없었다.

가시방석에라도 앉은 듯한 기분에 입을 다물고 운전에 집중하는데 억눌린 숨소리가 들려왔다.

룸미러로 살펴보니 장택근이 이를 악물고 숨을 참아내는데, 간간이 흘러나오는 숨결에 비통함이 가득했다.

입술을 꿈틀거리며 간신히 흐느낌을 삼키고 있는 그를 보며 추영훈은 다시 차를 몰았다. 차마 뒤를 바라볼 수가 없었다.

그렇게 모르는 척 차를 몰고 가다 보니 결국 장택근이 흐느끼기 시작했다.

"왜… 왜…….."

왜라는 말만 반복하며 억눌린 흐느낌을 내뱉는 그가 어찌나 서러워 보이는지 추영훈은 자신마저도 눈물이 날 것만 같았다.

참으로 멀기도 하다.

더디게만 가는 시간 속에서 빠르게 주변의 풍경이 스쳐 갔다. 그럼에도 불구하고 좀처럼 차가 나아가는 기분이 들지를 않았다.

아니, 어쩌면 차 안에 흐르는 무거운 공기 탓에 갑갑해서 그렇게 느끼는 것일지도 몰랐다.

차량의 속도계는 벌써 100㎞를 훌쩍 넘어 150㎞에 가까워지고 있었으니까.

한참을 그렇게 장택근의 억눌린 신음 소리를 들으며 차를 몰았다.

한적한 고속도로를 지나 마침내 지방의 한 도시에 다다른 그가 내비게이션을 확인하고는 시내의 한 병원으로 향했다.

"음, 택근 씨. 다 왔는데."

주차장에 차를 세워놓고 한참을 망설이던 추영훈이 조심스럽게 말했다.

목적지에 도착한 것도 모르고 이를 악다문 채 흐느낌을 참아내고 있던 장택근이 그의 말에 재킷의 소매로 눈가를 슥슥 문지르고는 차에서 내렸다.

"괜찮겠어?"

자신이 생각해도 쓸데없는 질문이라는 것을 알면서도 그는 묻지 않을 수가 없었다.

"어디 보자. 이쪽으로 가면 되겠네."

휴대폰에 적힌 영안실의 위치를 확인한 추영훈이 앞장섰다.

평소에는 늘 자신감에 차 있어 듣기 좋던 장택근의 구두 소리가 오늘따라 유독 무겁게만 느껴져 그는 뒤도 돌아보지 않고 한참을 걸었다.

그렇게 한참을 걷다 보니 장례식장 특유의 텁텁한 공기와 향냄새가 풍겨왔다.

"음, 저기인 것 같은데."

오지형의 이름이 적힌 네모반듯한 안내판 보며 그가 말하자 장택근이 비척거리는 걸음으로 한 걸음 한 걸음 나아갔다.

보기만 해도 위태로운 걸음이라 당장 달려가서 부축이라도 해주고 싶었지만 추영훈은 고개를 돌렸다.

이제부터는 스스로 감당해야 할 몫이었다.

"아, 삼가 고인의 명복을 빕니다."

입구 옆에 놓인 테이블에서 봉투를 꺼내 100만 원짜리 수표를 집어넣은 그가 장택근이라고 적어 앞의 사내에게 건넸다.

그가 그렇게 조의금을 내는 사이 장택근은 어느새 오지형의 영정사진 앞에 서 있었다.

*　　　　*　　　　*

"얼마나 상심이 크시겠습니까."

장택근이 영정사진을 보고 멍하니 서 있는 사이에 추영훈이 다가와 상주로 보이는 사내에게 조의를 표했다.

"네, 이렇게 찾아주셔서 감사합니다."

장택근은 그런 이들의 대화가 전혀 들리지 않는 모양이었다.

영정사진 속의 오지형은 그 특유의 털털한 미소로 웃고 있었는데 사진 옆에 둘러진 까만 띠만 아니라면 살아생전의 모습과 전혀 다르지 않았다.

한참을 사진을 바라보던 장택근의 얼굴이 와락 일그러지고, 금세 닭똥 같은 눈물이 흘러내렸다.

그 모습을 본 추영훈이 등을 두드리며 그를 달래주었다.

"택근 씨, 인사해야지."

그렇게 몇 번이고 등을 쓰다듬어 주며 달래니 장택근이 사진을 보고 절을 했다.

한 번, 그리고 다시 한 번.

바닥에 엎드린 그가 좀처럼 일어나지를 못하고 어깨를 들썩였다.

간간이 새어 나오는 억눌린 숨소리로 보아 대성통곡이라도 하고 싶은 걸 억지로 참고 있는 모양새다.

한참을 그리 있자 추영훈이 다시 다가가 그를 일으켜 세우고 마지막 반배로 마무리시켰다.

"조의를… 표합니다."

그래도 옆에서 달래주니 그게 효과가 있는지 장택근이 뒤늦게 상주에게 인사를 했다.

"감사합니다. 지형이한테 얘기 많이 들었습니다. 지형이형 되는 사람입니다."

어쩐지 묘하게 영정사진 속의 오지형과 비슷하다 싶더니 친형인 모양이다.

그의 오지형과 빼다 박은 얼굴을 보고는 장택근이 다시 한

번 울컥한 얼굴로 숨을 가다듬었다.

아무래도 그대로 두었다가는 상주까지 마음이 더 안 좋아
질 것 같아 추영훈이 급하게 이야기를 마무리 짓고는 그를 잡
아끌었다.

"밥이라도 먹어야지. 회사에는 말해뒀으니까 며칠 쉬어도
될 거야."

추가 촬영 일정이 있기는 했지만, 어디까지나 조절이 가능
한 스케줄이었다.

이미 오지형의 사망 소식을 듣고 김인숙 이사의 지시를 받
아 향후 일주일간의 일정을 정리한 상태였다.

눈앞에 놓인 갈비탕을 한 술도 뜨지 못하고 멍하니 앉아
있는 그를 보니 미리 일정을 조절하기를 잘했다는 생각이 들
었다. 지금 같아서는 촬영이고 뭐고 도저히 불가능할 듯싶었
다.

"좀 먹어."

장택근을 손을 잡아 수저를 쥐어주니 그가 갈비탕에 수저
를 담그고는 다시 뺄 생각을 하지 않았다.

몇 번이나 더 타일러도 보고 재촉도 해보았지만 여전한 모
습이라 추영훈은 결국 한숨을 내쉬고 말았다.

주변을 둘러보니 사람이 그리 많지는 않았다.

일단 갑작스럽기도 했거니와 고인의 연고지가 서울과 가

까운 탓에 소식을 들은 사람들이 내려오려면 시간이 걸릴 것 같았다.

그래도 과연 얘기를 들은 대로 인덕이 나쁘지는 않았는지 들어오는 사람은 보여도 자리를 뜨는 사람은 보이지 않았다.

그렇게 한참을 있다 보니 그런 대로 식장에 사람이 차 보였다.

조문객 없는 빈소만큼이나 보기 안타까운 것도 없다. 다행스럽게도 불편한 광경은 보지 않아도 될 듯했다.

"커피 한잔해."

시간이 제법 흐른 탓에 아까보다는 많이 덤덤해진 얼굴을 한 장택근을 보며 추영훈이 종이컵에 담긴 커피를 내밀자 그가 고맙다고 말하며 커피를 받아 들었다.

"진짜 갔네요."

종이컵을 만지작거리며 그가 작게 말했다. 여전히 감정이 정리가 안 된 음성이지만 좀 전보다는 훨씬 나은 모습이라 추영훈이 조금은 안심한 얼굴로 대꾸했다.

"그렇게 됐지, 뭐."

딱히 대답할 말이 있어서라기보다는 장택근의 말에 장단을 맞춰준답시고 애매하게 말하니 그가 다시 입을 열었다.

"어떻게 갔대요?"

생각지도 못한 그의 질문에 추영훈이 저도 모르게 주변을 둘러보다 낮은 목소리로 대답했다.

"그게… 목을 매단 모양이야."

장택근의 눈이 질끈 감겼다. 잠시 숨을 고르는지 한참을 씩씩거리던 그가 한참 만에 눈을 다시 떴다.

"스트레스가 어마어마했나 봐. 대충 듣기로는 아마존을 다녀온 후유증 같아. 환상에 환청에 엄청 시달린 모양이야. 그게 치료도 받고 해야 하는데 병원은 가보지도 않고 집에만 있었나 봐."

어차피 언제 알아도 알게 될 일, 추영훈은 내친김에 전부 설명해 주었다.

"환상? 환청?"

장택근의 얼굴이 딱딱하게 굳자 뒤늦게 그 역시 정신과적인 치료를 받는 내력이 있다는 사실을 떠올렸다.

추영훈은 아차 싶은 얼굴로 후회했지만 이내 다시 우물쭈물 입을 열었다.

"그게… 무슨 그림자가 자기를 따라다닌다고 했나 봐."

추영훈의 말에 장택근은 이를 악물었다.

역시 그의 우려대로였다. 오지형 감독 역시 아마존을 다녀온 이후 내내 무언가에 시달린 모양이다.

윤신애가 어떻게 망가지는지 눈앞에서 본 그는 오지형 감독의 끝이 어떠했는지 눈에 선히 보이는 듯했다.

"그게 처음에는 그냥 불면증과 악몽에 시달리는 것 같더니만 나중에는 사람이 히스테리를 부리고 폭력적이 됐나 봐. 듣기로는 그 아내 되는 사람도 몇 번이나 오지형 감독에게 얻어맞은 모양이더라고."

아니다. 폭력적이 된 것이 아니다. 장택근은 다른 어느 누구보다도 오지형이 얼마나 자신의 어린 아내를 아끼는지 잘 알고 있었다.

그런 그가 눈에 넣어도 아프지 않을 아내를 상대로 폭력을 휘둘렀을 리 없었다.

그는 무언가로부터 자신을 지키려 했을 것이다. 그것이 남들이 보기에 폭력적으로 보였을 테지.

윤신애의 경우를 떠올린 그는 눈을 질끈 감았다.

혼자서 얼마나 고통스러웠을까. 그 호탕한 사람이 그렇게까지 내몰리는 동안 대체 주변에서는 무엇을 하고 있었단 말인가. 자신 역시 다르지 않았다.

사는 게 바쁘다는 핑계로 그에게 연락 한번 해볼 생각을 하지 않았다.

사내들이 다 그러하듯 으레 언젠가 만나게 되겠지 하고 그저 저 사는 데 바빠 언젠가 만나겠지 하던 오지형 감독은 싸늘한 주검이 되어 있다.

"어라? 택근 씨?"

그 순간 낯익은 음성이 들려왔다. 허스키하면서도 묘하게 톤이 높은 음성, 김선영 작가였다.

눈을 뜨고 고개를 돌리니 갈비탕을 들고 막 자리에 앉으려는 놀란 표정의 그녀가 보였다.

"김 작가님?"

"어머, 웬일이니?"

호들갑스럽게 반가움을 표한 그녀가 그의 맞은편에 주저앉았다.

"여긴 무슨 일로……."

오랜만에 얼굴을 본 그녀에 대한 반가움보다는 의아한 생각이 먼저 들었다.

오지형 감독과 딱히 인연이 없는 그녀가 이 자리에 있는 것에 대한 의문이다.

그의 말에 갈비탕을 들고 있던 손이 뜨거웠는지 손을 호호 불어대며 그녀가 샐쭉한 얼굴로 대꾸했다.

"왜? 나는 여기 오면 안 돼?"

여전히 통통 튀는 그녀의 모습에 장택근이 한숨을 내쉬었다.

다른 시간, 다른 곳이었다면 그녀의 유쾌함이 반가웠겠지만 지금은 그녀를 상대할 정신적인 여유가 없었다.

절친했던 오지형 감독의 죽음만도 버겁거니와 그 죽음 뒤에 숨겨진 비사가 그를 자꾸만 코너로 몰아 세웠다.

"아뇨. 그냥 지형이 형님이랑 별다른 인연도 없으실 텐데 이 먼 곳까지 오신 게……."

저도 모르게 탐색하는 듯한 말투가 튀어나왔다. 김선영 역시 그것을 느꼈는지 눈을 가늘게 뜨고는 한참을 그를 살피다가 대답했다.

"아, 그냥 오다가다 몇 번 안면 정도는 있어. 워낙에 사람이 좋았던 걸로 기억이 남아 있거든. 그래서 겸사겸사 들른 거지."

누군가에게는 이렇게나 가슴 미어지는 일이 그녀에게는 겸사겸사인 모양이다. 하지만 서운한 마음조차 들지 않았다.

"네, 그럼 식사 먼저 하세요."

아까부터 갈비탕에 수저를 넣어놓은 그녀인지라 장택근이 그렇게 말하니 그녀가 마침 배가 고팠던 참이라며 정말로 맛있게도 한 그릇을 뚝딱 비워냈다.

"근데 택근 씨는 오 감독이랑 친했지?"

"네."

상대방에 대한 배려 따위는 전혀 느껴지지 않는 그 단도직입적인 질문에 장택근이 한숨을 쉬듯 대답을 내뱉었다.

"저런, 힘내. 그래도 산 사람은 살아야지."

위로랍시고 건네는 말에 제법 진심이 담겨 있어 장택근이 불쾌한 기분은 잠시 접어두고 그녀에게 다시 물었다.

"근데 진짜 어쩐 일이에요?"

"장례식장에 조문 왔지 뭐가 어쩐 일이야?"

그의 질문에 그녀가 시치미를 뚝 떼고는 천연덕스럽게 지 껄여 댔다.

"그럴 사람 아닌 거 제가 다 압니다."

그녀의 평소 성정을 잘 아는 장택근이다. 그런 그녀가 몇 번 보지도 않은 오지형의 죽음을 기리기 위해 이 새벽에 먼 길을 달려왔다는 것은 도저히 말이 되지 않았다.

그대로 넘어갈 수도 있겠지만 어딘지 모르게 석연치 않은 점이 있어 그렇게 물으니 그녀가 입을 오물거렸다.

바로 저 표정이다.

자신이 이렇게 물어볼 수밖에 없는 이유가. 그녀의 표정이 마치 무언가 대단한 비밀을 숨기고 있는 것처럼, 그리고 또 그 비밀을 말해주고 싶어 안달이 난 사람의 그것과 다르지 않 았다.

"음. 사실은……."

역시나 그의 예상대로 그녀가 짐짓 어쩔 수 없다는 듯한 태 도로 입을 열었다.

"저번에 택근 씨네 집에서 다 같이 드라마 첫 회 본 날 있잖 아. 그날 진재영 씨가 한 얘기가 인상적이어서 소재로 써볼 수 있지 않을까 하고 이거저거 알아봤거든."

그녀의 말에 장택근이 얼굴을 잔뜩 찌푸렸다. 자신을 비롯한 생존자들은 이렇게나 힘이 든데 그녀는 그게 소재거리로 보인 모양이다.

"근데 이게 이상한 일이 한두 가지가 아니더라고."

그렇게 말한 그녀가 목소리를 한껏 낮추더니 주변을 살펴보고는 다시 말을 이었다.

"그걸 알아본답시고 이래저래 좀 바쁘게 돌아다니느라 다른 글도 못 썼어. 그러니까 그런 얼굴 하지 마. 나 지금 진지하니까."

저도 모르게 사나운 표정을 지은 것인지 그녀가 탐탁지 않다는 듯한 얼굴로 말했다.

"하여간 대충 자료 조사는 끝냈고 현지 탐문도 다녀왔어. 택근 씨네 일행 입장 이야기는 들었는데, 정작 다른 생존자들은 연락이 닿는 사람이 없지 뭐야."

차동수와 나윤섭은 현재 만나보려 해도 만날 수가 없는 상태이고, 그나마 남은 이들이라고는 처음에 갈라진 촬영팀뿐이다.

그렇게 말한 그녀가 작은 목소리로 그에게만 들리게 속삭였다.

"다 죽었어. 아마존에서 돌아온 생존자들."

그녀의 허스키한 음성이 오늘따라 유독 탁하게 느껴졌다.

그녀의 말에 가슴이 철렁 내려앉은 장택근이 눈을 부릅뜨자, 그녀가 그 얼굴을 보며 만족스러운 얼굴을 해보였다.

"아니, 다 죽은 건 아니네. 한 명은 살아 있으니까."

그녀의 말에 장택근이 저도 모르게 테이블을 꽉 움켜잡았다. 단단하게 마감된 테이블 모서리가 순식간에 움푹 파이고 손가락이 파고들었다.

"어?"

김선영과 추영훈이 놀라 눈을 크게 떴다. 테이블의 갈라진 단면에서 튀어나온 나뭇조각이 그의 손끝을 찔러 금세 손가락이 피투성이가 되었다.

"택근 씨! 아오, 미치겠네."

"괜찮아?"

주변 조문객들을 신경 쓴답시고 작게 소란을 떠는 그들을 무시하고 장택근이 김선영에게 물었다.

"그게 누구죠?"

장택근의 다급한 음성에 김선영이 눈을 크게 떴다.

"정승현. 촬영팀 막내라지? 그 친구가 아직 살아 있어."

그의 말에 장택근이 저도 모르게 몸을 벌떡 일으켰다.

안내인에게 빼앗겼지만 이내 재규어에게 탈취당하고 장택근의 손에까지 전해져 나중에는 문신도 문양도 아닌 기괴한 형태로 그에게 화혼처럼 남은 태양 모양의 펜던트, 그 펜던트의 원주인이 아직 살아 있는 모양이다.

6장

600만 불의 사나이

오지형 감독의 장례식장에서 내리 삼 일을 머문 장택근은
끝내 그의 마지막까지 지켜봤다.

마지막 가는 길을 배웅하며 그는 김선영과의 대화가 내내
머릿속에 남았다.

정승현이 살아 있다. 펜던트의 원주인이.

당장에라도 달려가 그를 만나고 싶었지만, 김선영은 다음
을 기약하자고 했다.

당장 만나기에는 그도 오지형 감독의 소식을 들었을 것이
라며 시기가 좋지 않다고 몇 번이나 그를 만류했다.

하기야 촬영팀 식구들이 모두 죽고 이제 자신만 남았는데 지금 얼마나 불안에 떨고 있겠는가.

하루 이틀 사이에 오지형의 죽음으로 인한 충격이 사라지진 않겠지만, 그래도 지금은 때가 아니라는 사실만큼은 공감할 수 있었다.

시간은 빠르게 흘러갔다. 오지형의 죽음과 그에 관련된 온갖 해괴한 소식을 들을 수 있었다. 물론 출처는 김선영이었다.

그녀는 작정을 했는지 꽤나 자세하게 아마존의 비사를 파헤쳤는데 언뜻 듣기에도 제법 실체에 접근한 듯했다.

어떻게 보면 당사자인 장택근과 다른 사람들보다 그녀가 더욱 많은 사실을 아는 듯해 그게 아이러니했지만 제삼자의 눈에만 보이는 것이 있는 모양이었다.

자연스럽게 연락이 끊긴 김선영과 다시 이어지고, 많은 시간을 투자해 통화를 할 수 있었다.

뭘 그렇게 뜸을 들이는지 속 시원하게 털어놓지 않는 그녀를 달래도 보고 얼러도 봤지만 그녀는 끝까지 모든 이야기를 털어놓지 않았다.

조금만 기다리라는 말뿐이었다. 그게 정승현과의 만남 이후가 되지 않을까 하고 막연하게 추측할 뿐이다.

"괜찮겠어? 촬영 난이도도 좀 있는데 조금 조절해 볼까?"

"어떻게 그래요. 이미 사람들 다 나와 있을 텐데."

추영훈의 말에 장택근이 고개를 저으며 심드렁하게 대답하자, 그 역시 그저 해본 말이었는지 더는 권하지 않았다.

"그럼 진짜 몸조심하고, 조금이라도 힘들거나 하면 말해. 쉬엄쉬엄 가는 것까지 뭐라 할 사람은 없으니까. 다들 택근 씨 사정도 알고 있고."

이미 이 바닥에 파다하게 소문이 돈 모양이다.

장택근과 절친한 오지형 카메라 감독의 죽음과 이에 관련된 추측들이 '아마존의 저주'라는 유치한 말로 온 방송가에 퍼져 나가고 있었다.

"택근 씨도 그렇고, 몇 명 더 있지 않아?"

"모르지. 차동수도 미쳤다며. 나윤섭이란 작자는 형무소에 있고."

역시나 촬영장에 도착하니 스태프들이 수군거리는 꼬락서니가 이미 소문이 다 돈 듯했다.

"택근 씨, 몸은 좀 괜찮아?"

정영태 감독이 다가와 물었다.

아무래도 추가 촬영을 흔쾌히 허락한 장택근의 안타까운 주변 사연에 신경이 쓰였는지 그는 드물게 걱정스러운 얼굴을 하고 있었다.

"네, 염려해 주신 덕분에."

"그래? 마음고생 많이 했어."

어깨를 두들겨 준 정영태에게 다시 한 번 걱정해 주어 감사하다고 말한 장택근은 추영훈의 도움을 받아 방화복을 걸쳤다.

처음에는 입기만 해도 온몸에 땀이 줄줄 흘러내릴 정도로 답답하던 방화복이 어느덧 한겨울 추운 날씨 덕인지 과격하게 움직이지만 않으면 참을 만했다.

쌀쌀한 공기를 폐부 깊숙이 들이마시며 호흡을 가다듬은 그가 주변을 둘러보았다.

오늘은 촬영을 파토 내는 한이 있더라도 반드시 그림자와 정면으로 맞설 생각이다.

지금도 어디선가 몸을 숨기고 있을 저주스러운 그림자를 찾아 눈을 굴리며 그는 다시 한 번 각오를 다졌다.

"그럼 준비 다 되면 말하고, 대본은 다시 한 번 읽어봐요."

정영태의 말에 고개를 끄덕인 그는 조감독이 체크한 동선과 시나리오를 일일이 확인해 보았다. 추가 촬영이라고 해봐야 딱히 달라진 것은 없었다.

촬영장 역시 그간 숱하게 촬영해 온 교외의 한적한 곳에 위치한 폐공장이었다.

이제는 제법 익숙하게 느껴지는 공장 건물 내부는 그간 연이어진 촬영으로 인해 이리저리 검은 그을음이 묻어 있어 제법 현장 분위기가 났다.

대본과 동선을 머릿속에 우겨넣은 장택근은 추영훈에게

미리 준비해 온 카메라를 내밀었다.

"형, 저 촬영할 때 이걸로 좀 찍어주실래요?"

"이게 뭐야? 왜? 모니터링하게?"

6미리 소형 핸드 카메라를 본 그가 고개를 갸웃거리며 물었다.

"뭐, 비슷해요. 앵글은 상관없으니까 클로즈업하지 마시고 그냥 쭈욱 찍어주세요."

"이걸 뭐 하러 해. 어차피 모니터링은 촬영팀 카메라에 찍힌 걸로 하면 되지."

여기저기 세팅된 카메라들을 가리키며 말하는 그에게 장택근은 다시 한 번 부탁했다.

"부탁드릴게요."

"알았어. 뭐, 어려운 일도 아니니까. 그냥 여기서 찍으면 되지?"

"네, 지금부터 바로요."

촬영에 대한 열정만큼은 진짜라 생각했는지 추영훈이 대견하다는 얼굴로 카메라를 켜고는 검지와 엄지를 붙여 동그라미를 만들어 보였다.

추영훈의 손에 쥐어진 카메라에 불이 들어온 것을 확인한 장택근이 정영태를 보며 고개를 끄덕였다.

마침 그를 주시하고 있던 정영태가 바로 슬레이트를 준비

시키고 준비 사인을 보내왔다.

"액션!"

*   *   *

"휴우."

아무리 추운 날씨라고는 해도 땀이 통하지 않는 방화복을 입고 이리저리 뛰어댔더니 온몸이 타들어가는 것 같았다.

거친 숨을 몰아쉬며 추영훈이 건네준 냉수를 벌컥벌컥 들이켠 그는 남은 물을 그대로 머리에 부어버렸다.

두피 밖으로 퍼져 나가는 열기가 스스로도 느껴질 지경이다.

"15분 쉬었다 간대. 어떻게, 옷 좀 벗고 있을까?"

땀범벅이 되어 간이의자에 주저앉은 장택근을 보며 추영훈이 걱정스레 물었다.

장택근은 고개를 절레절레 흔들고는 목을 꽉 조인 보호대를 풀고 방화복을 풀어 헤쳤다.

"어차피 금방 들어갈 텐데요, 뭐."

그래도 옷깃이 열리니 찬바람에 뜨겁게 달아올랐던 몸이 빠르게 식었다. 아니, 땀이 워낙에 많이 났던 탓인지 마치 물기를 제대로 닦지 않고 겨울바람을 맞은 듯 온몸이 으슬으슬해 오며 한기마저 느껴졌다.

장택근의 시선이 온 사방을 훑어보았다. 벌써 촬영이 시작된 지 반나절은 지난 것 같은데 별다른 낌새가 느껴지지 않았다.

　지난 촬영에서는 그토록 따라다니던 사건 사고가 마치 거짓말처럼 촬영은 순조롭게 진행되었다.

　발화장치는 딱 제작진이 원하는 만큼만 불꽃을 피워 올렸고, 촬영장에 가득 찬 연기 역시 적당히 뭉쳐 크게 문제될 것은 없어 보였다.

　이렇게 일이 순조롭게 진행되니 장택근은 도리어 애가 닳았다.

　당장 주변에서 벌어지는 일들만 해도 골치가 아픈 마당이라 오늘 어떻게든 그림자의 실체를 밝혀내고야 말겠다는 그의 계획이 시작부터 휘청거렸다.

　"좋았어, 택근 씨! 오늘도 연기가 좋아! 살아 있어!"

　계획대로 풀리지 않는 것은 장택근 하나일 뿐, 정영태 감독을 비롯한 스태프들은 한결 마음이 편해진 얼굴이다.

　그렇지 않아도 연이어진 사고에 잔뜩 날이 서서 촬영에 임했는데 영화도 다 찍어놓은 마당에 감독의 욕심 탓에 추가 촬영을 하다가 사고라도 나면 그것만큼 골치 아픈 일도 없었다.

　게다가 '아마존의 저주'라는 말까지 퍼지고 나자 지금은 스태프들의 머릿속에 그간의 사고와 장택근이 연관이 있었던 것은 아닐까 하는 생각마저 들 지경이었다.

"오늘은 괜찮은데?"

"있어봐. 아직 안 끝났잖아."

그래도 사람이 사는 곳이 다 똑같듯이 어딜 가도 가십거리에 목을 매는 사람들이 있게 마련이다.

촬영장의 한구석에서 이리저리 조명을 만지던 조명팀의 스태프 둘이 장택근을 힐끗거리며 수군거렸다.

"우영 씨도 아마존 팀이라면서."

"그럼 우영 씨가 재수가 없었나?"

가뜩이나 그림자가 나타나기를 노심초사 기다린답시고 잔뜩 예민해져 있는 장택근이다.

범인의 그것을 아득히 넘어선 그의 청각에 그들의 대화가 고스란히 들려왔다.

장택근은 화를 내기보다는 그들의 말에 주목했다.

김우영, 그 역시 아마존의 생존자다. 게다가 지난 모임에서 한 그의 말에 의하면 그 역시 악몽에 시달리는 듯한 기색이었다.

무언가 슬슬 머릿속에서 형체가 잡혔다.

"형, 오늘 우영이는 뭐 해요?"

"우영 씨?"

가만히 장택근의 곁에서 쭈그리고 앉아 있던 추영훈이 김우영을 찾는 그의 말에 대뜸 인상을 썼다.

"뭐, 사무실에서 노닥거리고 있지 않을까?"

심각한 상황 속에서도 추영훈의 반응이 우스워 장택근이
키득거리자 그가 정색을 했다.

"아니, 애도 그런 애가 없어. 촬영 끝난 지가 언제라고 또
금세 제멋대로야. 그래도 이번 영화 찍으면서 사람 좀 됐나
싶었더니."

"악의는 없잖아요."

"그게 더 사람 미치고 팔짝 뛰게 만드는 거야. 악의라도 있
으면 뭐라고 하기라도 할 텐데 이건 뭐 중2 병도 아니고."

그간 쌓인 것이 얼마나 많았는지 휴식 시간이 끝날 때까지
내내 김우영의 험담을 하던 추영훈이 조감독의 촬영 재개 사
인에 헛기침을 했다. 스스로 생각해도 지나치게 흥분했다고
생각한 모양이다.

"커흠. 어쨌든 오늘은 이게 마지막 분량이니까 조심해서
찍어. 택근 씨야 '600만 불의 사나이'니까 다치지 않겠지만
보는 내 심장에 무리가 와서."

그간 수많은 사고 속에서도 경미한 부상조차 입은 적이 없
는 장택근이다.

촬영장에서는 그런 그를 가리켜 '600만 불의 사나이'라는
우스갯소리마저 있을 정도이다.

추영훈 역시 그런 이야기를 들었는지 앓는 소리를 냈다.

"네, 그럼 갔다 올게요."

"파이팅!"

*　　　*　　　*

"수고들 하셨습니다!"

촬영이 끝나자 사람들이 하나같이 기진맥진해진 얼굴로 인사를 해댔다.

그간의 강행군에 비하면 차라리 여유마저 느껴질 일정이었지만, 그세 며칠 쉬었다고 몸이 풀어져 버린 모양인지 다들 하나같이 피곤한 기색이 역력했다.

"택근 씨도 수고했어. 내일도 오늘처럼만 하자고. 이거 잘하면 사흘 걸릴 거 이틀이면 끝나겠는데?"

정영태 감독의 말에 장택근이 마주 인사를 하는데 어쩐지 그 얼굴이 밝지 않았다.

하지만 검은 재를 잔뜩 묻힌 소방관 김형준의 모습을 한 그인지라 그의 표정을 눈여겨 살펴본 이는 없었다.

결국 그림자는 오늘 나타나지 않았다. 마치 놀리기라도 하듯이 그림자는커녕 뭐 하나 수상함 낌새도 없이 촬영이 마무리되자 장택근은 허탈해지고 말았다.

개똥도 약에 쓸려면 없다더니 경우는 다르지만 지금이 딱 그 짝이었다.

"그럼 푹 쉬고 내일 보자고!"

정영태의 들뜬 음성에 장택근이 고개를 숙여 보이고는 입술을 짓씹었다.

어차피 촬영이 오늘 끝날 건 아니니까 모습을 드러낼 놈이라면 오늘이든 내일이든 그 시꺼먼 몸뚱이를 드러낼 것이다.

촬영 내내 신경을 곤두세우고 있던 탓인지 더욱 피로해진 장택근이 여느 스태프들처럼 기진맥진해진 얼굴로 촬영장을 나섰다.

그림자고 뭐고 집에 오기가 무섭게 곯아떨어진 장택근은 다음 날이 되어서야 눈을 떴다.

'음, 뭔가 꿈을 꾼 것 같은데…….'

술 취한 다음 날처럼 지끈거리는 머리가 신경 쓰여 잔뜩 인상을 쓴 그는 시간을 확인하고는 화들짝 놀라 휴대폰을 확인했다.

[웬일이래. 아직도 자는가 봐? 지금 그쪽으로 가는 길. 혹시나 가기 전에 문자 보면 샤워라도 하고 있어. 아침거리 사가지고 갈게.]

부재중 통화 두 통과 문자 한 통. 추영훈의 메시지를 본 장택근은 눈을 채 다 뜨지도 못한 채 샤워실로 뛰어들어갔다.

샤워기의 따뜻한 물줄기를 맞고 있자니 지끈거리던 머리의 통증이 조금은 덜해졌다.

아무래도 땀범벅이 된 상태로 한겨울에 쏘다녔더니 감기 기운이 있는 모양이다.

어쩐지 몽롱한 정신에 샤워실을 나서니 언제 들어왔는지 콧노래를 부르며 식탁 위에 샌드위치와 쥬스 등을 올려놓던 추영훈이 그를 보고는 웃는 낯을 해보였다.

"피곤했나 봐? 택근 씨 늦잠 자는 거 처음 보네."

"뭐 좀……."

요 근래 오지형의 장례식과 이런저런 일에 신경 쓰다 보니 도통 잠을 제대로 못 잔지라 피로가 누적된 모양이다.

평소에도 즐겨 먹던 유명 샌드위치 전문점의 샌드위치가 어쩐지 넘어가지를 않았다.

마치 퍽퍽한 백설기처럼 입안에서 부서지는 샌드위치의 식감에 그는 몇 입 먹지도 않고 샌드위치를 내려놓았다.

"왜? 맛이 없어? 택근 씨 좋아하는 브랜드잖아."

"아뇨. 그냥 제가 입맛이 좀 없어요."

그렇게 말하며 주스도 몇 모금 마시지 않고 내려놓자 추영훈의 얼굴에 걱정스러운 기색이 떠올랐다.

"몸살 기운이라도 있는 거 아냐?"

그의 염려 가득한 말에 장택근이 고개를 저었다.

"그런 것 같기는 한데, 오늘 이거 말고는 스케줄 없잖아요."

"그렇지. 어휴, 하필이면 이럴 때……."

그의 말에 안타까움이 가득해 장택근이 이유를 물었다.

"왜요? 오늘 뭐 다른 일 있어요?"

"아니, 그게 아니라, 오늘은 내가 우영 씨 스케줄 때문에 다른 쪽 일을 봐야 하거든. 알잖아. 다른 애들이 우영 씨 통제를 못해요, 통제를."

그렇게 말한 그가 주방의 서랍을 뒤적거리더니 약 봉투를 꺼내왔다.

"일단 이거 먹고 차에서 푹 자. 촬영장 가려면 좀 있어야 하니까. 한숨 붙이고 나면 좀 괜찮아질 거야. 혁민이한테 말해둘 테니까 좀 많이 안 좋다 싶으면 촬영이고 뭐고 그냥 재끼고. 어차피 추가 촬영인데, 뭐."

"아, 오늘은 혁민 씨가 형 대신이에요?"

"어. 그놈아가 다른 건 몰라도 눈치 하나는 빠르니까 나 다녀올 때까지만 좀 있어. 우영 씨 후딱 던져놓고 다시 올게."

추영훈의 말에 아무래도 좋다고 고개를 끄덕인 그는 복장을 챙겨 입고 집을 나섰다.

*　　*　　*

"잘 부탁드릴게요, 형."

수더분하게 생겨 말투도 어눌한 김혁민의 인사에 장택근이 웃는 낯으로 어깨를 두들겨 주었다.

그간 김우영을 쫓아다닌답시고 마음고생이 심했는지 눈이 퀭한 것이 안쓰러워 보였다.

"일단 촬영 시작하면 별로 할 것도 없고, 방화복 그거 무지하게 더운 거니까 시원한 물이나 잘 챙겨줘. 그리고 지금 택근 씨 몸살 기운 좀 있는 것 같으니까 상태 안 좋아지면 감독한테 말해서라도 촬영 스톱시키고."

"그래도 돼요?"

꼭 친정 가는 엄마가 자식을 챙기듯 시시콜콜 장택근을 챙기라고 말하던 추영훈은 김혁민의 질문에 고개를 끄덕였다.

"원래는 안 되는데, 택근 씨는 돼. 그동안 워낙 성실하기도 했고 지금 찍는 거, 계약서에도 없는 추가 촬영 분이라 어느 정도는 편의를 봐줄 거야."

"네."

"그래도 눈치껏 말하고. 괜히 네가 처신 제대로 못하면 애꿎은 택근 씨까지 욕먹으니까 알아서 하고. 너 알지, 김 대표님이 택근 씨 엄청 챙기는 거? 택근 씨 스케줄은 대표님이 일일이 다 체크하니까 차질 없도록 잘하고."

갖은 엄포를 다 놓고도 모자라 몇 마디를 더 남긴 추영훈이 떨어지지 않는 발걸음을 억지로 옮기듯 내키지 않는 얼굴로 밴이 아닌 다른 승용차에 올라탔다.

"그럼 택근 씨, 몸조리 잘하고!"

그렇게 인사를 하고 사라진 그를 잠시 바라보다 장택근이 차에 오르니 김혁민이 바짝 긴장한 얼굴로 운전대를 잡고는 룸미러로 자신을 바라보고 있는 것이 보였다.

"혁민아, 편하게 해. 형 별로 안 까다로워."

"네? 네, 형."

그 어리숙한 모습이 꼭 자신의 초짜 PD 시절을 보는 것 같아 장택근은 살짝 웃으며 편하게 하라 당부하고는 눈을 감았다.

"형 몸이 좀 안 좋아서 잘 테니까 도착하면 깨워."

그리고 눈을 감기가 무섭게 장택근은 잠에 빠져들었다.

*　　*　　*

"형, 일어나세요. 형."

약기운에 취한 것인지 좀처럼 떠지지 않는 눈을 억지로 떠 보니 흐릿하게나마 김혁민의 얼굴이 보인다.

"벌써 시간 다 됐어?"

눈두덩을 누르며 말하는 장택근의 음성이 잔뜩 잠겨 있다.

"아뇨. 이제 도착했어요."

멀뚱멀뚱하게 자신을 쳐다보는 김혁민을 보며 장택근이 한숨을 내쉬었다.

도착하면 깨워 달랬다고 정말 도착하자마자 깨우는구나.

추영훈이었다면 적당히 눈치를 보고 있다가 촬영 준비가 완료될 즈음에나 깨웠을 텐데 역시 경험이 부족한 매니저에게 그런 것까지 바라는 것은 욕심이었나 보다.

그렇다고 짜증을 부리자니 자신이 한 말이 있는지라 장택근은 그저 한숨만 내쉬었다.

그가 한숨을 내쉬자 자신이 뭘 잘못했나 싶어 눈치를 살피는 김혁민의 어깨를 두들겨 준 장택근이 차에서 내렸다.

아직 세팅이 다 되지 않았는지 이리저리 분주하게 움직이는 스태프들을 바라보는데 묘하게 현실감이 없었다. 추영훈이 건네준 약이 아무래도 독했던 모양이다.

그래도 찬바람을 쐬니 몽롱한 정신이 조금은 돌아왔다.

"어? 일찍 왔네?"

자신을 알아본 스태프들의 인사에 마주 인사를 한 장택근은 촬영장 한구석에 준비된 의자에 앉았다.

분주하게 움직이는 스태프들의 동선이 이리저리 엉키는 것을 보니 촬영을 시작하려면 아직 한참은 남은 듯했다.

정영태 감독도 아직 촬영장에 모습을 드러내지 않은 이른 시간이라 장택근은 다시 눈을 감았다.

이상할 정도로 졸렸다. 아무리 약기운이 강하다 해도 이건 해도 너무했다. 눈을 감기가 무섭게 바로 잠이 쏟아졌다.

애써 잠을 떨쳐내려고 했지만 도무지 눈이 떠지지를 않았다. 그나마 이따금씩 불어오는 겨울바람에 완전히 잠이 드는 것만큼은 피할 수 있었다.

그렇게 그는 잠이 든 것도, 그렇다고 깨어 있는 것도 아닌 애매한 상태로 고개를 숙이고 있었다.

"야, 차동수 어제 자살했다더라? 들었어? 벽에 머리를 찧었다면서?"

"무서워서 어떻게 사냐. 진짜 아마존의 저주네, 저주."

희미하게 들리는 사람들의 수군거림에 눈을 떠보려 했지만, 마치 가위라도 눌린 것처럼 그는 도저히 눈을 뜰 수가 없었다.

"이제 그럼 누구누구 남은 거야?"

"나윤섭, 이지원, 그리고 택근 씨, 우영 씨, 윤신애, 그리고 촬영팀에 한 명 더 있대."

마치 남은 사람들은 언제 죽을지 내기라도 하듯 지껄여 대는 소리가 듣기 괴로웠지만 여전히 몸이 움직여지지를 않았다.

"그나저나 택근 씨랑 같이 있다가 우리도 저주 옮는 거 아냐?"

"무슨 말이 되는 소리를 해라. 지금 21세기야, 21세기!"

"이제까지 저도 잘 얘기해 놓고 왜 이제 와서 난리야!"

금세 툭탁거리는 스태프들의 음성이 멀어져 갔다.

"형! 형!"

그리고 들려오는 김혁민의 목소리에 장택근은 서서히 굳어 있던 몸이 풀리는 것을 느꼈다.

"어, 왜? 감독님 오셨어?"

"아, 아뇨. 형 지금 막 신음 소리 내고 장난 아니었어요. 진짜 어디 아픈 거 아니에요?"

어찌나 호들갑스럽게 떠들어대는지 몽롱하던 정신이 단숨에 돌아왔다. 번뜩 눈을 뜨기가 무섭게 휴대폰을 찾았다.

"형?"

의아한 기색이 가득한 김혁민의 말을 한 귀로 흘리며 그는 휴대폰의 액정을 빠르게 두들겼다.

한참이나 인터넷을 뒤져보던 장택근이 벌떡 몸을 일으켰다.

누군가를 찾는 듯 이리저리 고개를 돌리던 그가 찾고 있던 사람을 발견했는지 성큼성큼 걸음을 옮겼다.

전날에도 그렇게 아마존의 저주니 뭐니 떠들어대던 조명팀의 스태프 둘이 장택근이 다가서자 굳은 얼굴로 허리를 폈다.

"택근 씨?"

"방금 뭐라고 했어요?"

그렇게 떠들어댈 때는 언제고 뻔뻔하게 영문을 모르겠다

는 얼굴을 한 조명팀 스태프들을 보며 장택근이 다시 물었다.

"방금 뭐라고 했냐고요?"

장택근의 기세가 심상치 않았는지 스태프들이 몰려들기 시작했다.

"왜 그래? 무슨 일이야?"

강명구 카메라 감독마저 다가와 물으니 조명팀 스태프들이 진땀을 뻘뻘 흘리며 눈을 굴렸다.

"아니, 갑자기 택근 씨가 저희한테 와서 뭐라고 했느냐고……."

땀을 뻘뻘 흘리며 시선을 피하는 스태프의 얼굴을 보며 카메라 감독이 와락 인상을 썼다.

"왜, 택근 씨? 이놈아들이 뭐라고 했어?"

"아, 그게……."

카메라 감독의 말에 장택근이 곤란한 얼굴을 해보였다. 분명 눈을 감고 있을 때 차동수의 자살 기사를 보았다고 지껄여대는 소리를 들었다.

그런데 막상 일어나서 인터넷을 검색해 보니 자살은커녕 차동수에 관한 기사라고는 '아마존의 저주'라는 몇몇 흥미성 기사에 한두 줄 올라와 있을 뿐이다.

꿈이라도 꿨나 싶었지만, 워낙에 선명한 그들의 대화 소리에 직접 와서 물어봤는데 영문을 모르겠다고 잡아떼니 상황이 이상해져 버렸다.

"그게… 저희가 아마존의 저주라고……."

장택근의 곤란해하는 얼굴을 보며 지레 겁을 먹은 조명팀의 스태프들이 제 입으로 자신들의 잘못을 실토했다.

"아오! 내가 요노무 입! 입! 입조심하라고 했지!"

말이 끝나기가 무섭게 카메라 감독이 스태프의 입을 쭉 잡아당기며 버럭 화를 냈다.

"택근 씨, 미안해. 이놈들이 워낙에 입들이 방정이라……."

조명 감독까지 와서 사과하자 장택근은 서둘러 괜찮다며 자리로 돌아갔다.

"내가 입 함부로 놀리지 말랬지. 지금 친형 같은 오 감독 상 치르고 온 지 얼마 지나지도 않은 사람이야. 꼭 그렇게 사람 가슴에 대못을 박아야 되겠어?"

"그냥 우리는……."

"시끄러워! 너 이 새끼들, 오늘부터 제대로 뺑뺑이 돌 줄 알아!"

그가 몸을 돌리고 나서도 한참을 욕을 먹는 조명팀의 대화를 들으며 장택근은 고개를 갸웃거렸다.

정말로 꿈이었나.

만약 차동수가 자살하는 정도의 일이 있었다면 누군가에게 연락이 왔어야 하는데 휴대폰이 너무도 잠잠했다.

기껏해야 문자라고 온 것이 추영훈의 힘내라는 응원 문자 정도이다.

가만히 앉아서 생각에 잠긴 사이에 정영태 감독이 촬영장에 모습을 드러내고, 이내 촬영이 시작되었다.

＊　　　＊　　　＊

재투성이 되어 파김치처럼 늘어져 있는 장택근을 보며 김혁민이 질렸다는 얼굴을 해보였다.

그간 김우영을 따라다니며 인기스타니 뭐니, 죄 운발, 얼굴발로 먹고사는 한량들이라고 생각했는데 오늘의 장택근을 보니 그런 생각을 한 자신이 민망할 지경이다.

척 보기에도 끔찍할 정도로 더워 보이는 방화복을 입고 비록 세트라지만 불길이 가득한 촬영장을 이리저리 뛰어다니며 온갖 궂은 연기를 해보이는 그를 보니 아무나 스타가 되는 것은 아니라는 생각이 들었다.

게다가 몸도 좋지 않다는 소리를 듣고 난 이후라 그런지 지쳐서 숨을 몰아쉬는 장택근이 차라리 안쓰러워 보였다.

"형, 여기 물 좀."

대답할 기운도 없는지 고개만 까딱하고는 냉수를 벌컥벌컥 들이켜는 그를 보고 있자니 정영태 감독이 다가왔다.

"택근 씨, 나머지 분량은 내일 찍자. 어차피 오늘 이거 밤 새워도 안 끝나. 괜히 무리하지 말자고."

충무로에서 왕처럼 군림하는 정영태까지 찾아와 장택근을 배려하니 그가 정말로 스타는 스타인 모양이다.

"추 실장은 어디 갔나 봐요? 하여튼 택근 씨 데리고 들어가요. 이러다 사람 하나 잡겠네."

감탄한 얼굴로 그들을 바라보고 있던 김혁민에게 정영태가 엄포를 놨다.

"빨리! 촬영이고 뭐고, 괜히 택근 씨 쓰러지고 경위서 쓰기 싫으니까."

그의 호들갑에 김혁민이 네, 네 소리만 반복하며 장택근을 일으켜 세웠다.

"혁민아."

아직까지 가쁜 호흡을 몰아쉬는 장택근의 한마디에 그가 냉큼 귀를 들이댔다.

"갈 때 가더라도 옷은 갈아입고 가야지."

그러고 보니 방화복도 채 벗지 않은 장택근을 억지로 잡아 이끈 꼴이 되어버렸다.

민망한 기색으로 헛기침을 한 그가 잠시 딴청을 피우는 사이 장택근이 옷을 갈아입고는 스태프들에게 인사를 했다.

"수고들 하셨습니다."

"그래, 몸 안 좋다며? 들어가서 좀 쉬어."

"오늘 고생했어."

조명팀, 카메라팀의 염려 가득한 스태프들의 인사에 예의 바르게 한 명 한 명 인사를 건네는 장택근의 모습에 김혁민은 다시 감탄하고 말았다.

장택근 하면 지금 대한민국에서 가장 잘나가는 남자 배우 중 하난데, 하는 모습을 보면 꼭 신인배우 하는 것과 다를 게 없었다.

역시 스타는 아무나 되는 게 아니라고 감탄한 김혁민이 다부진 표정으로 장택근을 '모시고' 밴으로 향했다.

"너도 오늘 수고했다."

뒷좌석에 앉아 축 늘어진 채로 자신까지 챙기는 그의 모습에 의욕이 불타오른 김혁민이 운전대를 잡고는 혼신의 힘을 다해 빠르고 안전하게 집으로 향했다.

조금이라도 더 쉬게 해줘야지 하는 진심 어린 마음의 발로였다.

"벌써 다 왔어?"

중간에 깜박 졸았었는지 장택근이 완전히 쉬어버린 음성으로 물었다.

"네, 형. 언능 들어가서 쉬셔야죠."

운전석에서 내리며 그를 부축하니 장택근이 손을 저어댔다.

"됐어. 내가 뭐 환자냐. 너도 피곤할 텐데 어서 가서 쉬어."

호주머니에서 10만 원짜리 수표를 꺼내 자신에게 쥐어주며 가는 길에 저녁이라도 제대로 먹으라는 그의 말에 김혁민은 다시 한 번 감동하고 말았다.

꼴통 같은 김우영이고 나발이고 이대로 쭉 장택근의 매니저 일만 했으면 좋겠다는 생각이 절로 들었다.

회사에 돌아가면 다시 자신은 막내 매니저로서 온갖 잡일을 다 하고 말도 지지리도 안 듣는 소속 배우들의 비위를 맞춰야 할 것이다.

한숨이 절로 나왔다.

하지만 하늘이 그의 그런 바람을 들어주었던 것일까. 사무실로 돌아간 그는 추영훈의 전화를 한 통 받았다.

김우영을 따라 내려간 스케줄이 잠시 지연되어 하루 늦게 올라갈 것 같으니 내일까지 장택근을 부탁한다는 말이었다.

"걱정 마세요!"

저도 모르게 벌떡 일어나 소리를 버럭 지르니 마침 퇴근하고 있던 김인숙 이사가 의아한 얼굴을 해보였다.

"아니, 추 실장님이 일 때문에 내일도 택근 씨 부탁한다고 하셔서……."

"아, 얘기 들었어요. 우리 회사 간판이나 다름없는 배우니까 잘 좀 챙겨줘."

다부지게 말하는 그가 마음에 들었는지 김인숙이 미소 띤 얼굴로 그를 격려해 주었다.

좀처럼 볼 수 없는 그녀의 미소에 잠시 넋을 잃은 김혁민이 뒤늦게 허리를 반으로 접으며 맡겨만 달라고 버럭 소리쳤다.

"아이고, 군대 다녀온 지 얼마 안 됐나 보네. 하여간 난 들어갈 테니까 수고 좀 해주고. 일 없으면 일쩍 들어가요."

그녀의 인사에 더욱 의욕이 솟구친 그는 코 평수를 넓히며 숨을 씩씩거렸다.

7장

사고

"아, 영훈이 형한테 얘기 들었어. 오늘도 니가 수고 좀 해 주라."

어제보다는 한결 나은 듯했지만, 여전히 몸이 좋아 보이지 않는 장택근의 인사에 김혁민이 허리를 격하게 접었다.

"네, 형!"

"허리 펴. 우리가 무슨 조폭이냐."

이제는 완전히 우상처럼 되어버린 장택근의 시답잖은 농담에도 그는 낄낄대며 웃었다.

"형, 이거 제가 어렵게 구해왔어요. 감기에는 직방이래요."

"어? 뭘 이런 걸 다⋯⋯."

전날 밤을 새워가며 인터넷을 검색해서 알아낸 감기에 좋은 과일과 차, 그리고 약까지 들이밀자 장택근이 웃으며 감사하다 인사를 해왔다.

그게 또 못내 뿌듯한 김혁민은 싱글벙글 웃으며 촬영장으로 향했다. 오늘은 일부러 차를 느긋하게 몬 탓인지 촬영 시간에 거의 맞추어 도착할 수 있었다.

전날 추영훈에게 촬영장에 도착하기가 무섭게 그를 깨운 행동을 욕먹었던지라 시간을 확인하고는 여유롭게 촬영장 한편에 차를 주차했다.

축 늘어져서 잠이 든 장택근을 잠시 바라보다 촬영장으로 시선을 돌리니 정영태 감독이 보인다.

"형! 형!"

역시나 한 번에 깨지를 않는 장택근이다. 얼마나 피곤하면 저럴까 싶어 안타까운 얼굴로 흔들어 깨우자 그가 끄응 하고 앓는 소리를 내며 잠에서 깨어났다.

"정 감독님 오셨어요."

"아, 벌써 도착했어?"

그게 촬영장에 언제 도착했냐는 말인지, 정영태 감독이 언제 도착했냐는 말인지 몰라 잠시 눈치를 살피는데 장택근이 차에서 내렸다.

"그래도 니가 준 거 먹고 한숨 잤더니 좀 개운하다."

장택근의 말이 그렇게 기쁠 수가 없었다. 저도 모르게 헤벌쭉 웃어 보이니 그가 어깨를 두들겨 주고는 촬영장으로 향했다.

곧 촬영이 시작되었다.

무릎 위에까지 올라오는 불길에 자욱하게 깔린 연기 하며 모르는 사람이 보기에는 정말로 불이 났다고 생각할 정도로 현장감 넘치는 세트를 보며 김혁민은 손에 땀을 쥐었다.

두꺼운 소방호스를 꽉 그러잡고 물줄기를 뿜어내는 장택근의 모습에 저도 모르게 감탄이 새어 나왔다.

"어? 어?"

그때 장택근의 뒤편에서 기둥 하나가 무너져 내렸다. 이미 예고가 되었던 장치이기도 하고 장택근 역시 무리 없이 피하기는 했지만, 그는 무의식중에 신음을 흘리고 말았다.

"일 시작한 지 얼마 안 됐나 봐요?"

그 모습을 보며 스태프 중 몇 명이 키득대며 말을 걸어오는데 그게 너무도 민망해 김민혁은 시벌게진 얼굴로 고개를 숙여 보였다.

다른 촬영장이었다면 당장에 NG가 나고도 남았겠지만, 영화 〈심장이 뛴다〉는 야외 촬영 80프로 이상을 따로 오디오 작업을 하는 영화였다.

안도의 한숨이 절로 나왔지만 그래도 혹시 몰라 양손으로 입을 꼭 막고는 장택근의 연기하는 모습을 구경했다.

"컷!"

이번에도 NG 없이 오케이 사인을 받은 장택근은 땀을 뻘뻘 흘리며 불길 사이를 빠져나왔다.

재빠르게 달려가 소방 헬멧을 받아 드는데 헬멧이 뜨거웠다.

그저 현장감을 살리기 위한 장치라고만 생각한 발화장치가 예상보다 뜨거워 그는 이런 악조건 속에서 묵묵히 촬영에 임하는 장택근이 더욱 대단하게 느껴졌다.

"20분만 쉬었다 갑니다! 스태프들, 알아서 자기 장비 점검하시고 불 담당도 알아서 불 안 꺼지게 합시다!"

조감독의 말이 떨어지기가 무섭게 스태프들이 이리저리 뛰어다니며 다음 촬영을 준비했다.

그 잠깐 사이의 휴식도 허투루 보내게 할 수 없다 생각한 김혁민이 장택근의 곁에 바짝 붙어 서서 수발을 들었다.

"혁민아, 그렇게 안 해도 돼. 좀 쉬어."

장택근은 그런 자신이 부담스러웠는지 몇 번이나 편히 쉬라고 권했지만 그는 그럴 수가 없었다. 자신의 배우가 이렇게나 고생하는데 자기만 혼자 편하게 쉬다니 절대 그럴 수 없었다.

결국 그의 고집에 두 손 두 발 다 든 장택근이 포기하고 그의 수발을 받아들였다.

시원한 물을 공수해 오고, 뭔가 필요한 기색이라도 있으면 바로 가져다주었다.

"여기요."

휴대폰을 찾는 듯한 그의 모습에 잠시 맡아두고 있던 휴대폰을 건네주니 그가 고맙다 말하고는 액정을 두들겼다.

이렇게 보니 그가 진짜로 화재 현장을 다녀온 진짜 소방관 같아 보였다.

재투성이 얼굴을 닦아낼 생각도 없이 잔뜩 지친 얼굴로 휴대폰을 만지작거리는 그의 모습이 너무도 멋있어 보여 김혁민은 한참이나 그를 선망의 눈초리로 바라보았다.

"어?"

그렇게 잠시 그를 보고 있자니 그가 벌떡 일어났다.

"왜요?"

뭘 보고 그리 놀랐는지 하얗게 질린 얼굴을 한 그를 보며 김혁민이 걱정스레 물으니 그가 아무런 대답도 없이 다시 의자에 주저앉았다.

머리를 감싸 안은 그가 신음처럼 앓는 소리를 냈다.

"형, 왜요? 어디 또 아파요?"

김혁민은 와락 겁이 났다. 어제까지만 해도 몸 상태가 좋지 않은 장택근이었다.

그나마 오늘 나았다고 과격한 촬영을 무리 없이 잘하는가 싶더니 지금은 또 머리를 부여잡고 끙끙거리고 있다.

얼굴은 또 어찌나 창백해 보이는지 핏기 하나 보이지 않았다.

여전히 대답도 없는 그를 보며 촬영을 중단시켜야 하나 말아야 하나 갈피를 못 잡고 발만 동동 구르던 김혁민이 마침내 감독과 담판을 지을 각오로 다부진 표정을 지어 보였다.

"안 되겠다, 형. 오늘 그냥 촬영 접죠. 제가 가서 말하고 올게요."

그렇게 말하고는 돌아서는 그를 장택근이 손을 내밀어 잡았다.

"형?"

"아냐. 괜찮아."

잠깐 사이에 갈라지고 쉰 음성이 바싹 말라 있다.

"됐어. 잠깐 뭘 좀 봤는데 그게 안 좋은 일이라서."

"대체 뭘 보셨길래……."

그저 안 좋은 소식을 들었다고 하기에는 너무도 과한 반응인지라 김혁민은 묻지 않을 수가 없었다.

장택근이 여전히 핏기 하나 없는 얼굴로 불쑥 휴대폰을 내밀었다.

[차동수 자살]

액정을 가득 채운 포털사이트의 기사를 보고 그는 눈을 동
그랗게 떴다.

그렇지 않아도 전날 장택근에게 혼찌검이 났던 조명팀의
스태프들이 나누던 말이 신경 쓰여 밤을 새워가며 아마존의
저주라는 소문에 대해 알아본 그다.

차동수의 자살 소식이 장택근에게 어떤 의미일지 깨달은
그가 하얗게 질린 얼굴을 해보였다.

"차동수가 자살했답니다!"

마침 스태프 중에도 소식을 들은 사람이 있는지 호들갑스
럽게 외쳤다.

차동수의 자살 소식에 스태프들의 시선이 일제히 장택근
을 향했다.

"진짜 저주 맞나 보네."

"거봐. 맞다니까 괜히 우리만 가지고 난리야."

사람들이 웅성거리는데 전날 신나게 입을 놀려대다 망신
을 당한 사내들이 또다시 떠들어댔다.

"자, 자, 시끄럽고! 차동수는 차동수고, 그게 우리랑 무슨
상관이야! 영화 안 찍을 거야?"

정영태 감독도 스태프들의 동요가 신경 쓰이는지 전에 없이 엄포를 놓았다.

"지금부터 쓸데없는 소리 떠들어대는 놈은 알아서 해!"

평소에는 별다른 터치를 하지 않는 정영태지만 저렇게 한 번 엄포를 놓으면 반드시 따라야 했다.

만약에 허튼소리라도 지껄이다가 정영태 감독의 귀에 들어가면 수십 년 인연이고 뭐고 당장에 팀에서 나가야 할 상황이 생길지도 몰랐다.

합죽이가 된 사람들을 쓰윽 둘러본 정영태가 성큼성큼 걸어 장택근에게 다가왔다.

"택근 씨, 괜찮아?"

고개를 숙인 채 생각에 잠겨 있던 장택근이 감독의 목소리에 고개를 들었다.

"네? 네."

"괜히 이상한 데 신경 쓰지 말고 촬영이나 하자고. 요즘 세상에 저주가 뭐야, 저주가. 유치하게."

코웃음을 치며 말하는 정영태의 표정이 정말로 소문을 같잖다 생각하는 듯한 얼굴이다.

"당사자니까 이런저런 소문이 신경 쓰이겠지만 그래도 중심 똑바로 잡아. 안 그러면 괜히 촬영하다 사고 나. 그럼 또 저 입 가벼운 놈들이 떠들어댄다고. 난 그 꼴 보기 싫으니까 후딱 촬영 끝냅시다. 오케이?"

정영태 감독의 말에 장택근이 알겠노라 대답하고는 다부진 얼굴을 해보였다.

정영태가 그 모습을 보고는 만족스러운 미소를 지어 보이고는 곧 촬영을 시작한다며 자신의 자리로 돌아갔다.

"형, 진짜 괜찮아요?"

"어. 걱정 마."

방금 전보다야 낫다지만 여전히 안색이 좋지 않은 장택근을 보며 김혁민이 묻자, 그가 양손으로 뺨을 가볍게 두들기더니 자리에서 벌떡 일어났다.

"자! 오늘 마지막 촬영 갑니다! 김형준, 준비해 주시고, 스태프들 원위치로!"

카메라 앞에 서서 스탠바이를 한 장택근의 모습에 정영태가 손을 들어 올렸다.

"준비됐으면 바로 갑니다. 준비하시고오오!"

슬레이트가 부딪치고 감독 특유의 길게 늘어지는 액션 사인이 떨어졌다.

그렇게 다시 영화 촬영이 시작되었다.

*   *   *

"아, 씨바, 오늘만 잘 넘기면 되는데 왜들 지랄이야."

무릎까지 올라오는 불길 사이를 지나가며 연기를 하는 장택근의 모습에 정영태가 투덜거렸다.

"뭐, 금방 끝날 것 같은데요. 너무 신경 쓰지 마세요."

조감독이 위로랍시고 건네는 말에 정영태가 인상을 썼다.

"내가 신경 안 쓴다고 끝나냐? 배우가 신경을 안 써야지."

모니터를 통해 보이는 장택근의 모습을 보며 조감독이 고개를 끄덕였다.

절묘하게 세팅된 발화장치들 탓에 지금 장택근은 마치 불길 사이를 헤치며 걷는 것처럼 보였다.

실제로는 불길과 불길 사이에 난 널찍한 공간을 지나고 있는 것이지만 카메라의 각도 때문인지 꽤나 박진감이 넘쳤다.

"뭐, 잘하고 있는데요."

흔들림 없는 걸음으로 성큼성큼 불길 사이를 이동하는 그를 보며 조감독이 작게 중얼거렸다.

몇 번이나 사고가 있던 탓에 위축이 될 만도 하련만 장택근은 대담하게도 이따금씩 불꽃의 바로 언저리를 걷기도 하며 혼신을 다해 연기하고 있었다.

"내가 괜히 우리 택근 씨를 아끼겠냐. 저 정도는 돼야 배우고 남자지."

마치 제 새끼라도 바라보는 듯한 흐뭇한 눈초리로 모니터를 바라보던 정영태가 어깨를 쫙 피며 말했다.

"오케이! 카메라 움직임 좋고, 배우 연기 좋고, 현장감 좋고. 이대로만 가자고."

아무래도 추가 촬영 분이다 보니 장택근의 능력에 기대어 롱테이크로 가는 신이 많았다.

당연하게도 배우 입장에서는 고될 테지만, 연기력과 집중력만 받쳐준다면 빠르게 촬영을 완료할 수 있는 구성이었다.

그리고 역시나 장택근은 그들의 기대를 저버리지 않았다.

촬영과 촬영 중간의 휴식 시간마다 보이는 모습만 봐도 얼마나 이 촬영이 고되고 과격한 것인지 알 수 있을 지경이었는데 그는 잘도 버티고 있었다.

그간의 경험을 통해 다른 배우들과는 차원이 다른 체력과 지구력을 지닌 그라는 사실을 알고는 있었지만 여전히 감탄스러운 장면이 아닐 수가 없었다.

한겨울의 날씨임에도 불구하고 여기저기 피워 올린 불꽃 탓인지 촬영장의 공기는 뜨겁기만 했다.

거기에 더해 바람 한 점 들지 않는 방화복을 입은 그는 얼마나 괴로울까. 가벼운 복장을 한 자신들마저 숨이 턱턱 막혀 올 판국인데.

"이대로만 해주면 다음에도 또 택근 씨 데리고 작업한다."

슬슬 막바지에 다다르는 촬영에 정영태 감독도 좀이 쑤시는지 엉덩이를 들썩거리기 시작했다.

"어? 감독님, 또 이러는데요?"

그리고 그 순간 모니터에 검은 얼룩이 이곳저곳에 피어나기 시작했다.

조감독이 불안한 얼굴로 말하는데 정영태 감독이 주먹을 불끈 쥐었다.

그렇지 않아도 저런 얼룩이 보이는 날은 100퍼센트 사고가 난 전적이 있다.

당연하게도 당장에라도 촬영을 중단시켜야 하지 않을까 싶던 조감독이 안절부절못하고 있는데, 정영태는 너무도 천연덕스럽게 촬영을 이어갔다.

아니, 오히려 그는 이 순간을 기다리기라도 한 듯이 희열에 찬 얼굴을 하고 있었다.

잔뜩 상기된 얼굴로 모니터를 노려보던 그가 어느 순간 벌떡 일어나 촬영장을 쳐다보았다.

방금 전까지만 해도 무릎까지 오던 불길이 갑작스레 어지럽게 흔들리고, 그 사이를 걷던 장택근이 자세를 낮추고 사방을 둘러보고 있다.

소화기며 이런저런 소방 장비를 들고 당장에라도 촬영장에 난입할 것처럼 몸을 움찔거리는 스태프들의 모습에 정영태가 손을 들어 만류했다.

"아직!"

뭐가 아직인지는 몰라도 정영태는 분명 무언가를 기다리고 있었다.

＊　　　＊　　　＊

며칠 만에 고쳐왔다 싶더니 김지명 작가가 완성한 감독판 엔딩은 어딘지 모르게 부족한 감이 있었다.

이런 식이라면 과연 추가 촬영, 감독판 엔딩을 굳이 찍어야 하나 의문이 들 정도였다.

이대로 찍어봐야 이미 촬영한 분량과 크게 다를 것이 없을 듯했다.

하지만 장택근은 대본대로 충실히 움직였다. 애드리브를 은근히 기대하는 정영태 감독의 압박이 부담스러웠지만, 동선이 한정된 발화 세트장에서 그가 할 수 있는 건 그다지 많지 않았다.

"후우, 후우."

하지만 대본이 대동소이하다고 해서 그가 힘들지 않은 것은 아니었다.

후끈 달아오른 현장의 열기가 방화복 탓에 제대로 방출되지도 않은 상태로 과격한 움직임을 내내 이어오니 가뜩이나 좋지 않은 컨디션 탓에 죽을 맛이었다.

이제는 연기고 뭐고 정말 빨리 끝이 났으면 좋겠다는 심정마저 들 지경이다.

그리고 그가 며칠 동안 그토록 애타게 기다려 온 사건은 그렇게 그가 가장 나태해졌을 때 찾아왔다.

무릎께에서 살랑거리던 불꽃이 갑작스레 벌떡 일어났다. 단숨에 몇 배는 커져 버린 불꽃이 그를 덮쳐왔다.

아까 전까지만 해도 꽉 잡고 있던 소방 호스의 노즐이 어느새 느슨해져 덜렁덜렁 손에 매달려 있던 차라 노즐을 푸는 데 제법 시간이 걸리고 말았다.

몸이 좋지 않다.

차동수의 자살 소식에 혼란스러웠다.

몇 가지 핑계로 해이해졌던 정신, 그 대가로 그는 그대로 불길에 휩싸이고 말았다.

*　　　*　　　*

장택근이 촬영장에서 불길에 휩싸이던 그 시각, 김선영은 뜻밖의 방문자를 만나게 되었다.

"지원 씨가 여기는 웬일이야?"

생각지도 못한 그녀의 방문에 잠시 의아한 표정을 짓고 있던 김선영이 이내 무릎을 치며 반색했다.

"마침 잘 왔어요. 안 그래도 택근 씨한테 물어볼 게 있었는데 지원 씨한테 물어보면 되겠네."

그때까지만 해도 멀거니 김선영을 바라보고 있던 이지원의 눈동자가 빛났다.

"뭘요?"

이상할 정도로 투명하게 빛나는 그녀의 눈동자가 심상치 않았지만 김선영은 미처 그 사실을 깨닫지 못하고는 신나게 떠들어댔다.

"따뚜라는 사람 어땠어요? 사실 저번에 택근 씨 만났을 때 얘기하려고 했는데 상황도 그렇고 해서 꺼내기가 그렇더라고요."

사실 그녀가 그 당시에 다른 이들을 딱히 배려했다고 보기에는 무리가 있었지만, 그녀의 입장에서는 나름 주변을 신경 쓴다고 쓴 모양이다.

"모아 족에 따뚜라는 사람은 없어요. 그 사람, 사기꾼인가 해서 나름 알아봤는데 재미있는 사실이 있지 뭐예요."

어지간히 그간의 성과를 자랑하고 싶었던 모양이다. 묻지도 않은 말을 혼자 주절주절 떠들어대는 그녀는 기이할 정도로 흥분한 기색이었다.

"공식적인 실종자 명단에는 없지만 사실 '실종자의 길'은 더 많은 사건 사고가 있었어요. 그리고 생존자가 없다고 알려진 것과는 다르게 생존자가 있어요."

"생존자요?"

이지원의 눈동자가 이상하게 번들거렸다. 하지만 흥분한 김선영은 여전히 그런 사실을 눈치채지 못하고는 열심히 입을 놀려댔다.

"네, 생존자요. 그리고 생존자보다 더욱 이상한 건 몇 번의 실종 사고 기록에 매번 따뚜라는 이름이 올라와 있었어요. 신기하죠?"

"네, 정말 신기하네요. 근데 그 생존자라는 사람들이 누군데요?"

"아, 일본의 곤충 탐사단인데……."

이지원이 묻는 말에 너무도 서슴없이 자신의 조사 결과를 털어놓던 김선영이 순간 멈칫했다.

잔뜩 흥분해 있던 방금 전과는 달리 굳은 얼굴로 그녀가 이지원을 바라보며 물었다.

"근데 지원 씨가 내 작업실은 어떻게 알고……."

"김 작가님이야 워낙 유명하시니까요."

개인적인 친분은 없어도 이지원에 관한 이야기라면 귀에 인이 박히도록 들어온 그녀다.

그런데 지금의 이지원은 그녀가 들은 것과는 미묘하게 달랐다.

다른 사람에게 아첨하거나 비위를 맞춘다고 호들갑을 떠는 법이 없고 말수도 적어서 상대하기 힘들다.

그것이 이지원에 관한 전반적인 사람들의 평가였다. 의리가 있고 허세가 없다는 등의 좋은 이야기도 많았지만, 지금 당장 떠오르는 것은 그런 것밖에 없었다.

하지만 지금의 이지원은 뭔가 달랐다. 이상할 정도로 살가운 태도나 슬쩍슬쩍 장단을 맞춰주는 화법이나 굳이 소문을 떠올리지 않아도 일전에 만난 그녀와는 달라도 너무도 달랐다.

"아, 근데 무슨 일로 절 찾아왔죠?"

뒤늦게 뭔가 이상함 낌새를 느낀 김선영이 본능적으로 작업실의 문을 쳐다보았다.

'오늘따라 얘는 어딜 간 거야?'

괜스레 불안한 기분이 들어 오늘따라 슈퍼를 간다고 나가 돌아오지 않는 보조 작가를 떠올리며 그녀가 인상을 찌푸렸다.

"저도 아마존의 생존자잖아요. 아마존의 저주니 뭐니 조금 께름칙해서."

"근데 제가 그거 조사하고 있는 건 누구한테 들었죠?"

그녀의 말에 순간적으로 멈칫한 이지원이 이내 말을 얼버무렸다.

"택근이… 오빠한테 들었어요."

"아, 그렇구나."

김선영이 고개를 끄덕이며 납득했다는 듯한 얼굴을 해보였다.

태연한 표정으로 그녀가 이지원에게 차를 권했다. 이지원이 괜찮다고 했지만 굳이 자리를 권해 그녀를 의자에 앉히고는 주방으로 향했다.

"이게 커피숍이니 매스컴에서 떠들어대는 아라비카커피보다 열 배는 더 귀한 거거든요?"

커피포트에 물을 올리며 그녀가 그렇게 말했다.

"어디 있더라. 어디 보자."

짐짓 아무렇지도 않게 서랍을 뒤적거리던 그녀는 찾는다는 커피는 찾지 않고 엉뚱한 것을 손에 쥐었다.

서랍 속에 즐비한 부엌칼 중에서도 가장 길고 날카로운 칼을 손에 움켜쥔 그녀가 애써 태연한 음성으로 지껄여 댔다.

"커피 좋아하죠?"

그녀는 장택근과 지속적으로 연락을 주고받아 왔다. 그리고 자신의 정보를 알려준 만큼 그에게 여러 가지 이야기를 들을 수 있었는데, 가장 인상 깊은 것은 최근에 꾸기 시작한 꿈에 관한 내용이었다.

숲에서 만난 그림자, 그리고 그림자가 누구를 닮았는지.

신경과민일 수도 있었지만 김선영은 지금 이 순간 어느 때보다 더한 위기감을 느끼고 있었다.

기이할 정도로 온몸이 으슬으슬하고 닭살이 돋는 것이 신경과민이라기보다는 마치 무언가를 본능적으로 느낀 듯한 기분이다.

이건 마치, 그래, 맹수 앞에 선 토끼의 기분이 이렇지 않을까.

묵직한 날붙이의 무게감에도 도저히 안심이 되지 않은 그녀가 마른침을 삼키는데 이지원의 음성이 들려왔다.

"커피는 됐어요. 얘기나 더 하죠."

그렇게 말한 그녀가 다시 말을 이었다.

"그래서 그 생존자가 어디 있다고요?"

소름이 돋았다. 그녀의 질문에 담긴 묘한 분위기에 온몸에 한기가 돌았다.

"아, 그게 어디 있더라."

부엌칼을 내려놓자니 왠지 모르게 마음이 놓이지 않고, 그렇다고 또 그대로 칼자루를 쥐고 있자니 등가가 서늘했다.

결국 고민에 고민을 거듭하던 김선영은 굳어 있던 얼굴을 활짝 펴고 몸을 돌렸다.

"노트북에 있는데, 잠깐만 기다려요."

그렇게 말한 그녀는 어딘지 모르게 다급한 걸음으로 서재로 향했다.

노트북 앞에 앉은 그녀는 빠르게 폴더를 열고 닫고 하며 마우스를 클릭해 댔다.

"어디 저장해 뒀더라."

한참을 바쁘게 마우스를 눌러대는데 이지원의 음성이 바로 뒤에서 들려왔다.

"근데……."

은근한 그녀의 음성을 듣는 순간 김선영은 그대로 온몸이 굳어버렸다.

뱀 앞에 선 개구리라도 된 것처럼 머리끝에서 발가락 끝까지 바짝 굳어버린 그녀가 마른침을 삼켰다.

"이 얘기, 또 누구한테 했어요?"

이지원의 말을 듣는 순간 그녀는 심장이 뚝 떨어지는 것을 느꼈다.

심장이 저 아래 떨어져 힘겹게 뛰어대는 것처럼 순간적으로 온몸에 피가 통하지 않았다.

잔뜩 굳어버린 몸으로 간신히 숨만 몰아쉬고 있는데 저도 모르게 입이 열렸다.

"아직… 아무한테도……."

자신의 의지를 벗어나 멋대로 지껄여 대는 입이 어찌나 끔찍하던지 그녀는 비명도 지르지 못하고 입만 뻥긋거렸다.

"아무한테도?"

"아무한테도."

이지원의 확인에 충실히 대답하는 자신의 입. 사력을 다해 이를 악다물어 보려고 했지만 너무도 쉽게 턱이 벌어졌다.

"그럼 이 사실을 아는 사람은 김 작가님밖에 없네요?"

그녀의 말이 떨어지기가 무섭게 온몸에 소름이 돋았다.

더 이상 차가워질 수 없이 차갑게 식은 몸이 한겨울 바짝 얼어버린 호숫가에 내던져지기라도 한 듯한 기분이 들었다.

그리고 실제로도 그렇게 얼음물에 빠진 것처럼 사지가 말을 듣지 않았다.

마치 눈을 뜬 채로 가위에 눌린 듯 사지가 굳어 손가락 하나 움직일 수가 없었다.

"네."

이놈의 주둥이는 또다시 제멋대로 놀아났다.

"그럼……"

어쩐지 말꼬리가 질질 끌리는 듯한 이지원의 음성에 김선영은 이를 악다물고는 손가락에 힘을 주었다.

그 단순한 동작이 얼마나 힘든지 손톱이 통째로 떨어져 나가는 듯한 고통이 느껴졌다.

딸칵.

그 작은 클릭 음과 이지원의 속삭임이 들린 것은 거의 동시였다.

"김 작가님만 없으면 이 사실을 아는 사람은 없겠네요?"

[장택근, 영화 〈심장이 뛴다〉 촬영 중 사고로 병원으로 후송.]

근래 가장 핫하다고 할 수 있는 영화배우 장택근이 영화 촬영 막바지에 사고가 나 병원으로 후송되었다는 소식이 대형 포털사이트에 올라왔다.

당연하게도 그 유명세만큼이나 대한민국은 시끌벅적해졌다.

가뜩이나 아마존의 저주니 뭐니 말이 많던 시국이다. 사람들의 관심이 몰릴 수밖에 없었다.

[이지원, 일본 팬들과의 첫 미팅.]

그리고 그간 현지에서의 어마어마한 인기에도 불구하고 단 한 번도 일본을 방문하지 않던 이지원의 팬 미팅 소식이 포탈사이트의 메인을 장식했다.

장택근의 부상과 이지원의 본격적인 일본 진출 소식으로 대한민국이 시끌벅적한 가운데 인터넷 포털사이트의 한 귀퉁이에 짤막한 기사가 떴다.

[인기 드라마 작가 김 모 씨, 작업실에서 숨진 채 발견.]

아무리 히트작을 많이 내도 결국은 대중의 관심은 스포트라이트를 받는 배우들을 향하게 되어 있었다.

김 모 작가의 사망 소식은 아무런 이슈도 되지 못한 채 장택근과 이지원의 기사에 그대로 묻혀 버리고 말았다.

*　　　*　　　*

병원에 입원한 장택근은 사람들의 걱정과는 달리 의외로 편안한 얼굴을 하고 있었다.

팩에 든 주스를 쪽쪽 빨아대며 한 손에는 휴대폰을 잡고 연신 웹서핑을 하는데 그 모습이 드물게 평화로워 보였다.

"아오, 형 때문에 추 실장님이 나 그냥 내팽개치고 올라가서 혼자서 올라온 거 알지? 근데 완전 꿀 빨고 있구만."

김우영의 투정에 장택근이 휴대폰에서 시선도 돌리지 않은 채 타박을 했다.

"알았어. 그 얘기만 벌써 몇 번째야. 그럴 거면 그냥 가, 인마."

병원에 온 이후 내내 구시렁거리는 꼴이 보기 싫었는지 그의 음성이 심드렁했다.

"우영이 이놈이 너 걱정돼서 촬영 부랴부랴 끝내고 올라와 놓고는 여기 와서 괜히 생트집이다. 솔직하지 못하게."

곁에 있던 이우혁이 편을 드는 건지 아니면 오히려 뭐라고 하는 건지 애매한 말투로 말하고는 김우영을 재촉했다.

"가자. 택근이도 쉬어야지."

"아냐. 더 있다 가도 돼."

사내들의 문병이라는 것이 으레 그렇듯 짧고 굵다. 정작 입원한 당사자도 크게 신경 써주는 일이 없고, 문병 온 사람들도 멀쩡한 것을 확인하면 이내 일어나고 만다.

"됐어, 인마. 근데 제수씨는 안 들른다냐?"

이우혁의 말에 장택근이 묘한 얼굴을 해보였다.

"아, 마침 일본 팬 미팅을 가셨단다. 이상하게 타이밍이 늘 이래요."

"그래? 그럼 혼자 있겠네. 진짜 더 놀아주다 갈까?"

"됐어. 너나 우영이나 방금 스케줄 끝나고 바로 온 거 아냐. 가서 좀 쉬어."

"그래도 혼자 두고 가기 좀 찜찜한데."

아무리 겉보기에 멀쩡하다고 해도 사고가 제법 크게 났다고 들었다.

지금이야 이렇게 웃고 떠들고 있지만 사고 당시 사람들은 절대로 장택근이 무사하지 못할 거라 생각했을 정도였다고 하니 그 사고가 예사 사고가 아니었음을 알 수 있었다.

"됐어. 이따가 신애랑 재영이 누나 온댔어."

그의 말에 걱정스러운 표정을 하고 있던 이우혁과 김우영이 동시에 인상을 찡그렸다.

"왜?"

"뭐?"

장택근이 영문을 몰라 눈살을 찌푸리니 이우혁이 그의 어깨를 툭 쳤다.

"여복이냐 여난이냐. 저번에 보니까 여난에 가까워 보이기는 했다만."

"쓸데없는 소리 할 거면 빨리 가."

그렇지 않아도 여자들 문제로 골치가 아프던 차라 그는 시큰둥하게 이우혁과 김우영을 밀어냈다.

그런데 선선히 밀려나는 이우혁과는 달리 김우영이 버티고 서 있다.

"넌 안 가?"

"형, 조금만 더 있다 가면 안 돼요?"

그 말에 이우혁이 그의 귓불을 잡아당겼다.

"인마, 헛물을 켜도 눈치껏 켜야지. 이건 뭐 똥오줌도 가리지를 못해요."

"왜요. 저 재영이 누나 보고 갈래요. 한참을 못 봤는데."

"눈치가 없으면 몸이 고생한다더니 네가 딱 그 짝이다. 하여간 택근아, 우리 갈 테니까 몸조리 잘해."

안 가겠다고 버티고 선 김우영을 강제로 끌어내며 하는 이우혁의 인사에 장택근이 손을 흔들어주었다.

달칵 하는 문소리를 끝으로 병실이 조용해졌다. 그리고 그렇게 조용한 병실에 혼자 남은 장택근의 얼굴이 180도 변했다.

김 작가가 죽다니⋯⋯.

전혀 생각지도 못한 사실에 그는 충격을 받고 말았다. 손목을 칼로 그어 자살했다는 짤막한 기사, 그저 집필 스트레스를 이기지 못했을 거라는 짧은 추측이 전부인 기사는 포털사이트의 한 귀퉁이에 조그맣게 올라와 있었다.

바로 얼마 전까지만 해도 한참 들떠서 자신이 조사한 내용을 두고 의기양양해하던 김선영이다.

그런 그녀가 자살이라니. 게다가 집필 스트레스라고 할 것도 없이 그녀는 딱히 마음속에 무언가를 담아두는 타입도 아니었다.

무언가 느낌이 좋지 않았다.

하필이면 아마존의 비밀을 파헤치는 도중에 자살이라니. 그래도 한때 깊은 관계까지 맺은 사이인지라 슬픔이 없을 수가 없었다.

하지만 그보다 더욱 큰 것은 의아함과 불길함, 왠지 모르게 그녀의 죽음과 그녀가 조사하고 있던 무언가가 큰 관련이 있는 것은 아닐까 하는 예감이 들었다.

누군가 듣는다면 망상이라 할지 몰라도 자신들이 처한 상황 자체가 말이 되지를 않으니 이제 와서 무언가 하나 더 기이한 일이 생긴다고 해도 이상하지 않을 지경이다.

그가 생각에 잠긴 사이에 휴대폰과 동기화된 메일함이 반짝반짝 빛을 발했지만, 그는 알림 지우기를 선택하고는 휴대폰에서 신경을 끄고 말았다.

[발신자: 김선영.]

만약 조금만 주의 깊게 메일을 살펴봤다면 지금과 같이는 행동하지 않았을 텐데.

장택근의 입장에서는 허구한 날 메일이라고 오는 것들이 스팸 아니면 각종 SNS의 알림 메일일 뿐이라 그다지 관심을 두지 않았다.

8장

메시지

'…내줘.'

'…내줘!'

'…내달라고!'

마치 메아리처럼 계속해서 울려대는 음성에 장택근은 신음을 내지르며 잠에서 깨어났다.

"허억허억!"

아직도 그 처절한 음성이 귓가에 남아 있는 것 같아 그는 무심코 몇 번이나 귓가를 쓸어 만졌다.

그 순간 새하얀 손이 어둠 속에서 불쑥 튀어나왔다.

"억!"

깜짝 놀라 사지를 펄떡이는데 익숙한 음성이 들려왔다.

"오빠, 나야. 나 신애라고."

그제야 잠이 들기 전 윤신애와 진재영이 찾아왔다는 사실을 떠올린 그는 하얗게 질린 얼굴로 한숨을 내쉬었다.

"아, 아직 안 갔어?"

"어차피 집에 가도 할 것도 없고, 오빠도 걱정되고 해서 남았지."

그녀의 말에 장택근은 맞은편의 벽에 걸린 시계를 쳐다보았다.

흐릿한 조명 아래 보이는 시계는 마치 외눈박이 괴수의 눈동자라도 되는 것처럼 을씨년스러운 자태를 뽐내고 있었다.

04:27

야심한 시각이다. 하루 종일 할 것도 없어 잠만 자고 있던 차라 한번 깨어나고 나니 도무지 잠이 올 것 같지 않았다.

게다가 꿈이라고 꾼 것이 다시는 꾸고 싶지 않을 정도로 섬뜩해 스스로도 잠을 자고 싶은 마음이 들지 않았다.

"근데 오빠, 악몽 꿨어?"

장택근이 놀라는 바람에 어정쩡하게 내밀어진 손을 다시 내뻗은 윤신애가 그의 이마에 흥건하게 고인 땀을 훔쳐 주었다.

"어."

이제는 딱히 감추고 숨기고 할 것도 없는지라 장택근은 덤덤하게 고개를 끄덕였다.

"우리 언제까지 이렇게 살아야 하는 걸까?"

그녀 역시 내색을 하지 않을 뿐 두려운 마음이 큰 모양이다.

하기야 지금 남은 생존자 중에서 가장 험한 일을 겪은 그녀인데 왜 두렵지 않겠는가.

벼랑 끝에 몰려 자살까지 시도한 그녀인 것을.

장택근은 한쪽 손을 들어 그녀의 머리 위에 얹고는 몇 번이고 부드럽게 어루만져 주었다.

"금방 괜찮아질 거야."

감추고 숨길 것까지는 없었지만 굳이 일부러 이야기할 것도 없었다. 장택근은 며칠 전 사고 당시에 본 광경을 가만히 떠올려 보았다.

화염이 사정없이 자신을 덮쳐온 그 순간, 그는 그 새빨갛기만 한 세상 속에서 단 하나의 티를 보았다. 검은 연기, 자신을 내내 따라다니던 그 저주받을 존재가 불쑥 얼굴을 들이민 것이다.

그리고 그렇게 얼굴을 들이민 그림자는 그도 익히 알고 있는 형상을 해보였다.

화염 속에서 더욱 선명하게 빛나는 얼굴을 한 그것은 시커먼 얼굴이 순박한, 하지만 어딘지 모르게 섬뜩한 눈빛을 한 따뚜였다.

만약 모습을 드러낸다면 지난 악몽을 탈출하기 위해 자신이 숨통을 끊어놓은 검은 재규어지 않을까 싶던 그는 전혀 생각지 못한 따뚜의 형상에 놀라고 말았다.

너무나 의외의 상황인지라 온몸을 감싼 화염도 잊고 멍하니 서 있는데 얼굴만 덩그러니 드러나 있던 따뚜가 화염 속에서 이내 형체를 갖추고는 그의 목덜미를 잡았다.

그는 그렇게 불길 밖으로 내동댕이쳐지고 말았다.

그리고 다시 정신을 차렸을 때는 병원이었다. 병실을 꽉 채운 촬영팀 식구들, 그중에서 강명구 카메라 감독이 상황을 설명해 주었다.

그가 불길에 휩싸이고도 무려 10여 초에 가까운 시간 동안을 있었다고, 방화복이고 뭐고 할 것 없이 죄다 불에 타고 녹아내려 큰 사고라도 났을 줄 알았는데 다행스럽게도 머리카락이 타고 눈썹이 그을린 것을 빼면 크게 다친 곳이 없어 다행이라고 했다.

그리고 그는 그 어마어마한 불길 속에서도 살아남은 그를 보며 과연 '육백만 불의 사나이'라며 엄지를 추켜세워 주었다.

하지만 과연 정말 그의 몸이 튼튼해서 부상을 입지 않은 것일까. 장택근은 불길 속에서 본 따뚜를 떠올렸다.

꿈일지도 모른다. 하지만 이제 와서 꿈과 현실의 구분이 굳이 필요한 것인가.

그는 아마존에서도 내내 자신의 뒤를 따르던 따뚜를 떠올렸다.

어쩌면 아마존에서 자신을 따라온 것들이 맹렬한 악의만은 아니었던 모양이다.

"오빠?"

생각에 잠겨 있던 장택근은 윤신애의 음성에 상념에서 깨어났다.

"어, 미안. 왜 불렀어?"

장택근이 뒤늦게 표정을 수습하며 아무렇지도 않게 말하자 그녀가 눈을 가늘게 좁혔다.

"오빠, 나 오빠한테 하나 말하지 않은 게 있어."

"뭔데?"

그녀의 말에 대수롭지 않게 대꾸하던 그는 어쩐지 심각한 얼굴을 한 그녀를 보고는 표정을 굳혔다.

"그게 원래는 일찍 말하려고 했는데……."

"음."

어쩐지 좋지 못한 이야기라도 듣게 될 것 같아 그는 저도 모르게 앓는 소리를 냈다. 윤신애가 그런 그의 눈치를 보다 조심스럽게 이야기를 꺼냈다.

"그게 말이야……."

"뭔데?"

막상 이야기를 꺼내놓고는 좀처럼 말을 잇지를 못하자 답답해진 장택근이 재촉했다.

"지원이 언니에 관련된 건데……."

이지원의 이름이 나오자 그는 저도 모르게 자세를 바로 했다

마치 경련이 오듯 파르르 떨리는 얼굴 근육을 단단히 잡고는 윤신애를 주시했다.

"아, 이거 얘기하지 말랬는데……."

"괜찮아. 말해."

장택근의 어조가 하도 단호해서 기세에 눌린 그녀가 눈을 동그랗게 뜨고는 하려던 이야기를 빠르게 쏟아내었다.

"그게 저번에 지원이 언니가 찾아온 적이 있었거든. 근데 언니가 이상한 말을 했어."

"뭐라고 했는데?"

가뜩이나 꿈자리가 사나워 이지원에 대한 의심만 커져가는 상황이다. 윤신애의 말에 순간적으로 온갖 망상과 추측이 머릿속을 휘감았다.

"나하고 재영 언니한테 오빠를 부탁한다고."

하지만 윤신애의 말은 전혀 뜻밖의 것이었다. 생각지도 못한 말에 장택근이 저도 모르게 반문했다.

"뭐?"

"그게 꼭 어디 갈 사람처럼, 아니, 꼭 뭐에 쫓기는 사람처럼 되게 불안해 보였어. 오빠도 알지? 지원 언니 그렇게 막 불안해하고 그럴 사람 아니라는 거."

그녀의 말에 그는 온몸이 벼락에라도 맞은 것처럼 굳어버렸다.

"표정도 되게 초조해 보이고… 아, 그리고 되게 아파 보였어. 걱정이 돼서 물어봤는데 그 한마디만 하고는 사라지더라고. 근데 또 저번에 봤을 때는 전혀 그런 내색도 없고."

장택근은 여전히 그녀의 이야기를 듣고만 있었다. 아니, 그는 지금 이 순간 아무런 대답도 할 수 없었다.

"그게 또 꿈인가 할 정도로 되게 상황이 몽롱했거든. 언니가 나한테 굳이 그럴 소리를 할 이유도 없고 또 언니답지도 않았고. 그리고 마침 내가 그때 스케줄 때문에 엄청 피곤했거든. 그래서 꿈인가 싶었는데 재영이 언니한테도 찾아왔다고 하더라고."

윤신애는 장택근의 표정이 필요 이상으로 굳어 있자 조금은 걱정이 되는 눈치였지만 말을 멈추지는 않았다.

"언니한테도 오빠 잘 부탁한다고 했다더라고."

그렇게 말한 그녀가 분위기가 쓸데없이 무거워졌다고 생각한 모양인지 대수롭지 않게 마무리를 지었다.

"그래서 난 언니가 어디 먼 데라도 가나 했더니 일본으로 팬 미팅을 갔네. 헤헤."

천진난만하게 웃어 보이는 그녀를 보면서도 장택근의 표정은 풀리지 않았다. 지금 이 순간 그에게는 아무런 말도 들리지 않았다.

들리는 것이라고는 오직 단 한 마디, 꿈속에서 본 이지원의 처절한 외침뿐이었다.

'꺼내줘!'

*   *   *

불 꺼진 병실.

휴대폰 액정에서 흘러나오는 푸르스름한 불빛만이 희미하게 주변을 비추고 있다.

장택근은 한숨을 내쉬었다. 그의 손가락이 몇 번이나 액정에 떠오른 키패드의 1번 키를 꾸욱 눌렀다 떼기를 반복했다.

그의 손가락이 액정을 누를 때마다 이지원이란 이름이 뜨고 다시 또 사라지기를 반복했다.

결국 한참 만에 그는 다시 한 번 깊이 숨을 내쉬고는 휴대폰을 내려놓았다.

전혀 짐작하지도 못한 윤신애의 이야기에 머리가 복잡했다. 게다가 이제는 생생하게 들려오는 이지원의 꺼내달라는 애원이 시도 때도 없이 머릿속에 울려댔다.

'꺼내줘.'

'꺼내줘.'

'꺼내줘.'

'꺼내줘.'

귀를 꽉 틀어막아 보지만 아무 소용이 없었다. 고통에 찬, 그리고 처절한 이지원의 음성이 귓가에 맴돌았다.

대체 무슨 뜻일까. 윤신애가 전해준 이야기와 뭔가 관련이 있는 건 아닐까.

또 뭐가 그렇게 고통스럽고 무서워서 피맺힌 절규로 꺼내달라 애원한다는 말인가.

도대체 어디에서 꺼내달라는 말인지 짐작조차 할 수 없었다.

그러면서도 몇 번이고 휴대폰을 들고 그녀에게 전화를 하려고 한 것은 냉철한 이성보다 그의 예리한 직감이 자꾸만 이지원의 존재를 부각시켰기 때문이다.

하지만 전화를 해서 딱히 할 말이 없었다. 아마존의 저주는 커녕 꿈자리마저 평안하다는 그녀에게 대뜸 꿈 얘기를 하기에도 상황이 애매했다.

아니, 어쩌면 애매한 건 상황이 아니라 그의 마음일지도 몰랐다.

얼마 전까지만 해도 모든 이야기를 공유하던 그였건만 어느 순간부터인가 그녀가 께름칙하게 느껴졌다.

그리고 지금 이 순간에 와서는 그녀를 떠올리는 것만으로도 마음이 안정되지를 않았다. 그것은 결코 예전처럼 기분 좋은 설렘이 아니었다.

생각만 하면 심장이 뚝 떨어지고 온몸이 차갑게 식어 내리는 것이 불길함에 가까운 기분이었다.

그의 시선이 병실의 한구석을 향했다.

영화 촬영 중 다친 사고이니만큼 제작사가 부담하여 마련해 준 고급스러운 VIP 병실의 한구석, 널따란 소파에 웅크리고 잠든 윤신애가 보인다.

"아아……."

도대체 무슨 꿈을 꾸는지 이따금씩 경련하듯 몸을 떨며 신음 소리를 내는 그녀의 모습이 자신의 모습과 그리 달라 보이지 않았다.

아니, 어쩌면 진재영도, 김우영도, 그리고 나윤섭마저도 지금 그녀와 같은 모습일지도 모른다.

그리고 비참하게 세상을 떠난 오형석 카메라 감독 역시 지금의 그녀와 비슷했을 것이다.

악몽, 차라리 몽마라 불려야 마땅할 그것에 사로잡혀 기력을 갈취당하고 끝에는 스스로 목숨을 끊고 만다.

윤신애 역시 자신과 만나지 않았다면 그렇게 외롭게 공포에 잠식당해 비참한 최후를 맞이했을지도 모른다.

파리하게 질린 얼굴로 땀을 뻘뻘 흘리는 그녀의 얼굴이 잔
뜩 찌푸려져 있다.

그 모습이 너무 안되어 보여 장택근은 저도 모르게 그녀에
게 다가가 머리를 쓸어 넘겨주었다.

다른 이들에 비해 유독 가늘디가는 그녀의 목가가 땀으로
흥건하게 젖어 있다.

"안… 돼."

그녀 또한 자신처럼 악몽을 헤매고 있는 것일까.

장택근은 복잡한 얼굴로 한참이나 그녀의 얼굴을 바라보
았다.

＊　　　＊　　　＊

"아우."

잠에서 깨어난 윤신애는 기지개를 켰다. 다리를 쭉 뻗고 허
리를 들어 올린 채로 양손을 힘껏 내뻗으니 밤사이에 굳어 있
던 몸이 조금은 개운해졌다.

그렇게 온몸을 이리저리 비틀며 스트레칭을 하던 그녀는
문득 누군가의 시선을 느끼고는 고개를 돌렸다.

"일어났어?"

도대체 언제 일어났는지 잠기운 따위는 보이지 않는 장택근이 자신을 바라보고 있다.

"힉!"

깜짝 놀란 윤신애가 헛숨을 들이켜며 기괴한 소리를 냈다. 그리곤 금세 얼굴이 빨갛게 상기되어서는 벌떡 몸을 일으켜 옷매무새를 정리했다.

"그러게 집에 가서 자라니까 뭐 하러. 난 괜찮다니까."

그의 핀잔에 더욱더 부끄러움을 느낀 그녀는 고개를 푹 숙인 채 새하얀 병실 바닥만 바라보았다.

"안 돼. 재영 언니가 오빠 혼자 두면 가만 안 둔다고 했단 말이야."

잔뜩 잠긴 음성이 그녀답지 않게 탁했다. 제 스스로도 제 목소리에 놀라 다시 입을 꾹 다물고는 장택근을 보고 울상을 해보였다.

"근데 오빠는 언제 일어났어?"

아무래도 상황이 불편했는지 그녀가 재빠르게 화제를 돌렸다.

"한두 시간 됐나? 아까 너랑 이야기하고 나니 다시 잠이 안 오더라고."

괜히 물어보았다. 스스로의 잠버릇이 얼마나 고약한지 알고 있는지라 그녀는 안절부절못했다.

"오늘 스케줄도 있을 텐데 집에 들어가서 잠깐이라도 더 쉬어."

아닌 게 아니라 오늘은 꽤나 빡빡한 일정을 소화해 내야 한다.

지금 들어가서 씻지 않으면 끔찍한 몰골로 사람들을 만나고 다녀야 할지도 몰랐다.

결국 내키지 않는 얼굴로 그녀는 병실을 나섰다.

홀로 남은 장택근이 걱정되어 병실 문을 열고도 한참이나 망설이고 있으니 그가 어서 가보라며 손을 흔들었다.

그런데 오늘따라 그 모습이 너무나 외로워 보여 그녀는 떨어지지 않는 발걸음을 억지로 옮기느라 고생해야 했다.

*   *   *

"신애 이 지지배는 조금만 기다렸다 가지. 그새를 못 참고."

윤신애가 사라지기가 무섭게 병실에 나타난 진재영은 당직을 서고 집에 들르지도 않고 왔는지 퀭한 얼굴이었다.

이래서야 누가 누구를 간호하겠다는 건지 알 수가 없을 지경이라 장택근이 어이없다는 얼굴을 해보였다.

"누나, 그냥 가. 그 얼굴로 병문안 오면 내 마음이 편하겠어?"

편잔을 주니 그녀가 심드렁한 얼굴로 소파에 눕는다.

"놔둬. 집에 가서 쉬나 여기서 쉬나 똑같구만. 이 누나가 몸소 챙겨주겠다는데 영광으로 알 것이지 말이 많아, 말이."

별로 길지 않은 치마를 입고 소파에 누워 이리저리 몸을 뒤틀어대니 장택근은 시선을 둘 곳이 마땅치 않아 괜스레 딴청을 피워댔다.

"내가 마음이 안 편하다니까."

결국 참지 못하고 한마디 했지만 그녀는 막무가내였다. 소파에 누워 한쪽 다리를 까딱거리며 그녀가 한숨을 내쉬었다.

"어휴, 정 뭐하면 그냥 나 없는 사람 취급해. 우리 집 침대보다 여기 소파가 더 편하구만. 과연 VIP 병실은 뭐가 달라도 달라요."

천연덕스럽게 떠들어대는 그녀의 모습이 너무도 뻔뻔해서 장택근이 피식 웃고 말았다.

"아, 맞다."

그녀가 껄렁껄렁하게 다리를 들썩이는 것을 보고 끄응 하고 앓는 소리를 낸 장택근이 방금 생각났다는 듯이 말했다.

"저번에 지원이 만났다며?"

"응? 언제?"

그의 질문에 그녀가 미간을 좁히며 심드렁하게 대꾸했다.

"신애가 그러던데. 뭐, 지원이가 나 잘 부탁한다고 그랬다면서?"

"아, 맞아. 그랬어. 기집애, 난 또 어디 멀리 가다 했더니 기 껏 이웃 나라 일본 가면서 그 유난을 떨어."

그녀의 말이 윤신애의 말과 크게 다르지 않았다.

"언제였더라. 조금 됐는데, 갑자기 찾아와서는 나보러 너 좀 부탁한다고 말하고는 사라졌어. 어디 좀 아파 보이는 것 같아서 기다리라고 했는데 그사이를 못 참고 가버리더라고."

그녀 역시 이지원이 어딘지 모르게 아파 보였고, 또 무언가 에 쫓기는 듯한 기색이었다고 한다.

"우리나라 방송국은 이지원 없었으면 어떻게 방송했을라 나 몰라. 애를 아주 잡겠더라."

그녀는 아무래도 스케줄에 쫓긴 이지원이 자신을 기다리 지 못하고 가버렸다고 생각한 모양인지 윤신애와는 다르게 대수롭지 않게 당시의 일을 말했다.

"근데 왜? 니 애인이 너 잘 챙겨주라고 했다니까 감동받았 어?"

그의 내심도 모르고 그녀가 천연덕스럽게 말했다.

"아, 뭐……."

굳이 밝혀진 것 하나 없는 이야기를 늘어놓아 봐야 좋을 게 없을 터라 그는 이내 얼버무리고는 다시 그녀에게 물었다.

"근데 누나, 요즘 그… 그거 있잖아."

조심스러운 그의 태도에 진재영이 흠칫 몸을 떨었다. 주어도 목적어도 없는 이야기였지만 용케도 알아들은 모양이다.

"누난 어때?"

윤신애가 병실을 나설 즈음엔 어슴푸레하던 새벽의 여명이 이제는 완전히 한낮의 햇살처럼 밝고 투명했다. 하지만 그럼에도 불구하고 진재영의 얼굴에는 그림자가 짙게 깔려 있었다.

"뭐가?"

아무래도 말하기 껄끄러운 화제인 모양인지 그녀가 짐짓 모르는 척 대꾸했다.

"지낼 만해? 무섭지 않아?"

차라리 솔직하게 말하기로 작정한 그가 그렇게 단도직입적으로 물으니 그녀의 얼굴이 대번에 창백해졌다.

"무섭지 안 무섭겠어. 이제 남은 거라고는 너하고 나, 지원이, 신애. 그리고 나윤섭 아냐?"

그녀의 말에 역시 자세한 소식은 듣지 못한 모양이라고 생각한 장택근은 한숨을 내쉬었다. 결국 가장 사건의 실체에 접근해 있던 것은 자신도, 윤신애도, 진재영도 아닌 김선영이었다.

그런 그녀가 그렇게 되었으니 답답할 뿐이다.

"밤에 잠을 자면 아마존이야. 그리고 뭔가가 내내 나를 따라다니는데 깨고 나면 정말 끔찍해."

처음에는 그토록 망설이던 그녀가 한번 입을 여니 솔직한 심경을 전부 털어놓았다.

"당분간은 출퇴근 여기서 할 거니까 그렇게 알아. 집에 혼자 있으면 진짜 누나 죽을 것 같아."

엄살 따위 보인 적이 없는 그녀의 말이 너무도 간절해서 장택근은 무의식중에 고개를 끄덕였다.

똑똑.

그 순간 누군가가 병실 문을 두들겼다. 당연히 간호사일 거라고 생각한 장택근이 진재영에게 자세를 바로 할 것을 부탁하고는 들어오라 대답하니 웬 시커먼 사내 둘이 병실로 들어섰다.

"장택근 씨, 강남경찰서에서 왔습니다."

성의 없는 동작으로 지갑을 열어 신분증을 보여준 사내가 장택근의 대답도 기다리지 않고 다시 말했다.

"김선영 씨 사건으로 찾아왔습니다. 몸도 안 좋으신데 가능하면 협조 좀 부탁드려도 될까요."

"아……."

내심 어쩌면 경찰이 찾아오지 않을까 생각하긴 했지만 생각보다 빠른 경찰의 방문에 장택근이 얼떨떨한 얼굴을 해보였다.

"김선영 씨 소식은 들으셨을 테고."

"네."

씁쓸하게 대꾸하니 사내가 바로 질문을 꺼내 들었다.

"혹시 김선영 씨가 평소 우울증을 앓았다거나 최근에 자살을 할 만한 일이 있었습니까? 이번 일에 참고가 될 만한 사항이 있으면 말씀 좀 부탁드리겠습니다."

"아뇨. 김 작가님은 원래 마음에 뭘 담아두는 성격도 아니고 원체 일을 즐기는 분이라서 그런 낌새는 없었습니다."

장택근이 정색을 하고 대답하니 사내가 조그만 노트에 무언가를 받아 적었다.

"자, 잠깐. 김선영이면 그 싸가지 없는 작가 아냐?"

김선영의 죽음을 이제야 깨달은 진재영이 창백하게 질린 얼굴로 불쑥 끼어들었다.

사내가 진재영을 힐끔 쳐다보고는 간단하게 몇 가지 질문하더니 다시 장택근에게 시선을 돌렸다.

아무래도 진재영에게 들을 이야기가 별로 없다고 판단한 모양이었다.

"아, 죄송합니다. 아직 제 소개도 하지 않았군요. 강남경찰서 강력계 최형식입니다. 이쪽은 박장태라고……."

"네, 장택근입니다."

때늦은 소개에 장택근이 마주 인사를 하자 최형식이라 자신을 소개한 사내가 웃는 얼굴로 대답했다.

"네, 알고 있습니다. 도살자 봤거든요. 굉장히 인상 깊었습니다."

"감사합니다."

어쩐지 괜히 말을 빙빙 돌리고 있다는 느낌이 든다 싶더니 역시나 본론을 꺼내 들었다.

"제가 갑자기 찾아와서 당황하셨을 겁니다. 현장에서 이상한 게 몇 가지 발견되어서 이렇게 실례를 무릅쓰고 찾아왔습니다."

"이상한 거라면……?"

"아, 사망으로 추정되는 시각에 장택근 씨에게 메일을 보냈더군요."

"아, 아직 확인한 건 없습니다. 잠시만요."

그가 그렇게 말하고는 휴대폰을 꺼내 들고 메일 어플리케이션을 켜는데 그사이에 진재영이 다시 끼어들었다.

"자살했다고요?"

"아, 이건 아직 말하기 좀 그런데 사실은 지금 자살이 아니라 타살로 수사 방향을 잡고 있습니다."

순간적으로 휴대폰을 뒤적거리던 장택근이 고개를 들어 최형식을 바라보았다. 최형식이 그런 장택근을 마주 보며 한 손을 들어 보였다.

"이게 자살이라고 하기에는… 보통 일반적인 자살이라면 자기 손목을 이렇게 긋지 잘라내진 않죠."

그가 자신의 손목을 부여잡고 댕강 잘라 보이는 시늉을 했다.

　　　*　　　*　　　*

　강남경찰서의 최형식이 돌아가고 난 병실에 무거운 침묵이 감돌았다.

　손목이 잘렸다니 상상보다 더욱 끔찍한 죽음이다. 경찰이 타살의 가능성에 비중을 두는 이유를 이해할 수 있었다.

　장택근이 잔뜩 굳은 얼굴로 생각에 잠겨 있는데 진재영이 불안한 눈초리로 눈을 이리저리 굴려댔다. 아무래도 어지간한 그녀조차도 김선영의 끔찍한 죽음에 잔뜩 겁을 집어먹은 것 같았다.

　하지만 장택근은 그런 그녀를 신경 쓸 여유가 없었다.

　그저 스팸메일일 거라 생각해서 확인조차 하지 않은 메일함의 메일 한 통에 온통 정신이 쏠려 있는 탓이다.

　메일의 발신자는 김선영이다.

　그녀가 죽는 그 순간 발송했다는 메일에는 그간 그녀가 조사한 아마존의 비사, 실종자의 길에 관한 내용이 빼곡히 들어 있었다.

　그녀가 보낸 첨부 파일에는 마나우스 현지답사기를 비롯한 조사 내용이 꽤나 자세하게 나와 있었다.

　그저 흥미만으로 조사했다고 보기에는 지나칠 정도로 전

문적이고 방대해 자료를 보는 장택근의 눈동자가 쉼 없이 움직였다.

그리고 마침내 내용을 모두 읽은 장택근은 침음을 흘리지 않을 수가 없었다.

자신들을 아마존으로 안내해 주었던 따뚜, 그는 10여 년 전에도 30여 년 전에도, 또 50여 년 전에도 존재했다.

실종자들이 남긴 마지막 자료들을 보면 하나같이 따뚜라는 인물에 대해 묘사하고 있었다.

밤에는 어디론가 사라졌다가 해가 뜨면 돌아옴.

동명이인이라고 하기에는 공통점이 너무나 많았다. 시간의 흐름을 제외하면 차라리 같은 인물이라고 생각하는 것이 납득하기 쉬울 지경이다.

시꺼먼 얼굴로 하얀 이를 내보이며 웃어대던 따뚜의 순박한 얼굴이 떠올랐다. 그리고 자연스럽게 장택근은 얼마 전 화염 속에서 보았던 따뚜를 떠올렸다.

이제 와서 돌이켜 보면 악몽 속에서도, 그리고 아마존의 끔찍한 현실 속에서도 따뚜는 늘 함께했다.

비록 저녁이 되면 모습을 보이지 않았다고는 하나 그가 없었다면 그 험난한 정글 속에서 어찌 식량과 식수를 그리 편하게 조달했을까.

그저 고마운 이라고 생각했을 뿐인데 이런 비화가 숨겨져 있을 줄은 상상도 하지 못했다.

공식적인 실종 기록보다 비공식적인 기록이 더욱 많음.

짧은 한마디에 담긴 내용이 그토록 서늘할 수가 없었다. 그간 수많은 사람을 집어삼킨 실종자의 길이 마지막으로 삼킨 것이 자신들이었다.

구사일생으로 살아 돌아오긴 했지만, 이제 와서는 그조차도 의미가 없어져 버리고 말았다.

생존자들의 연이은 죽음, 그리고 지금은 자신을 비롯해 이지원과 진재영, 윤신애, 그리고 나윤섭과 정승현만이 살아 있을 뿐이다.

우연이라고 치부할 수 없는 그 기괴한 현실이 그의 가슴을 답답하게 짓눌렀다.

비공식적 일본의 생태탐사단, 근 석 달 만에 극적으로 생환. 생존자는 당시 탐사단의 통역을 맡았던 이와이 슌지라는 사내 하나뿐.

그나마 생존자가 있으니 다행이라고 해야 할까. 장택근은 어쩐지 실마리를 찾은 것 같은 기분이 들었다.

게다가 김선영은 수완도 좋게 이와이 슈지라는 사내의 주소와 연락처도 동봉해 놓았다. 그 외에도 여러 모로 미스터리한 일투성이였지만 장택근은 이내 휴대폰의 액정에서 눈을 뗐다.

지나치게 집중해서 본 탓인지 눈알이 뻑뻑한 것이 몇몇 눈을 껌뻑이자 금세 눈물이 나왔다.

"누나?"

한결 편안해진 눈으로 주변을 둘러보는데, 초조한 얼굴로 손톱을 물어뜯고 있는 진재영이 보인다.

"누나!"

대답도 없이 눈동자를 쉴 없이 굴려대는 그녀를 다시 한 번 불러보았지만, 여전히 그녀는 아무런 소리도 듣지 못한 듯 피가 나도록 손톱을 물어뜯고 있었다.

결국 보다 못한 장택근이 벌떡 일어나 그녀의 어깨를 확 잡아 젖히니 그제야 그녀는 우는 것도, 웃는 것도 아닌 표정을 지어 보였다.

기괴하게 비틀린 입술을 한 그녀의 얼굴은 핏기 하나 없이 창백했다.

"누나, 괜찮아?"

아무래도 최형식과의 질답 중에 김선영이 아마존의 저주에 관해 조사하고 있었다는 사실이 충격이었던 모양이다. 게다가 조사 도중에 끔찍하게 죽고 말았으니 그녀 입장에서는 이보다 더 공포스러운 일도 없으리라.

"괜찮으냐고? 너라면 괜찮겠어?"

역시나 날카로운 그녀의 음성이 전에 없이 초조한 기색이다.

"다 죽었어. 겨우 돌아온 사람들도 다 죽고, 김선영이란 여자는 이 일을 파헤치다가 죽었어. 이게 우연이야? 응? 우연이냐고."

평소의 유쾌한 모습은 온데간데없이 강박적으로 떠들어대는 그녀의 모습에 장택근이 신음을 내뱉었다.

"잠이 들면 항상 악몽을 꿔. 어딘지도 모를 곳을 헤매. 그리고 깨어나고 나면 온몸이 정말로 밤새 걷기라도 한 것처럼 알이 배기지 않은 곳이 없어. 그렇게 피곤한 몸으로 저녁이 되면 다시 잠이 들까 무서워서 잠도 못 자. 버티다 버텨도 결국 잠이 들고, 다시 그 모든 일이 반복돼. 이 악물고 참아왔어. 근데 그 끝에 있는 게 죽는 거야?"

속사포처럼 쏘아대는 그녀의 말에 장택근은 보다 못해 그녀를 와락 껴안아 주었다. 자신의 품에 안긴 그녀의 몸이 마치 통나무처럼 뻣뻣했다.

"나 무서워. 집에 가기도 싫어. 차라리 여기서 지낼게. 혼자 있으면 무섭다고. 나도 다른 사람들처럼 되면 어떻게 해."

장황하고 두서없는 그녀의 말에 장택근은 몇 번이나 알았
노라 대답했다.

"같이 있자. 누나도 신애도."

평소라면 이지원의 이름을 빼먹을 리 없는 그였건만 지금
은 그녀에 대한 언급조차 하지 않았다.

김선영이 보내준 메일 말미에 쓰인 한마디가 그의 가슴을
더욱 서늘하게 만들었다.

[ㅇㅈㅣ우넌을 ㅈㅓ심]

자음과 모음이 죄다 뒤엉킨 문장이 전하는 바는 명확했다.

그리고 장택근은 첨부 파일 하나만이 유일한 메일에 유독
서체도 간격도 엉망인, 급하게 남겼을 것이 분명한 그녀의 마
지막 메시지에 맹렬한 의혹을 느꼈다.

[이지원을 조심.]

9장

기묘한 동거

장택근과 여인들은 기묘한 동거를 시작했다.

아예 작정했는지 간단한 세안 도구와 화장품, 그리고 옷가지들을 들고 와 병실에 작은 살림을 차린 윤신애와 진재영은 수시로 오가며 일이 없을 때면 장택근과 시간을 보냈다.

혼자 있으면 불안한 건 윤신애도 진재영과 다르지 않았는지 소속사의 만류에도 불구하고 그녀 역시 진재영과 마찬가지로 병실에서 먹고 자고 모든 것을 해결했다.

"그래서 말이야, 내가……."

진재영이 떠들어대는 대수롭지 않은 이야기에 윤신애가

깔깔거리며 웃음을 터뜨렸다.

처음에는 내내 불안한 모습들을 보이더니 그래도 혼자 있는 것이 아니라 불안한 마음이 덜하는지 이제 와서는 마치 합숙이라도 하듯 신나게 떠들고 웃어댔다.

그러다가 밤이 되어 병실의 불이 꺼지면 마치 낮 동안의 모습은 거짓말이었던 것처럼 입을 꾹 다물고 아무런 말도 하지 않았다.

얼핏 보기에는 낮에는 떠들고 저녁에는 휴식을 취하는 평범한 모습으로 보일 수도 있었지만 장택근은 그녀들의 눈동자 뒤에서 일렁이는 선명한 공포와 불안감을 보았다.

침묵 속에서 밤이 지나가고, 해가 뜨면 각자의 스케줄을 소화하기 위해 병실을 나서는 그녀들을 보며 그는 마음이 더욱 무거워졌다.

사람 사는 게 사는 것 같지 않았다.

낮에는 강박적으로 떠들어대고 밤이 되면 텅 빈 얼굴로 뜬눈으로 밤을 지새우는 여인들과의 동거는 결코 즐겁지 않았다.

이제는 슬슬 방법을 강구해야 할 때였다.

장택근 본인의 스트레스가 아니더라도 슬슬 병실을 중심으로 이상한 소문이 돌기 시작했다. 하루가 멀다 하고 병원에 찾아와 아예 살림을 차린 두 여자와 그의 관계에 대해서 말이 많았다.

가뜩이나 한창 인기몰이를 하고 있는 남자 배우인데 아름다운 여인들이 날마다 찾아오니 구설수에 오르지 않는 것이 도리어 이상한 일이다.

한숨이 절로 나왔다.

지금도 병실에 들어와 상태를 살피고 있는 간호사의 기색이 어딘지 모르게 어색했다.

호기심 가득한 눈동자로 병실의 이곳저곳을 훑어대며 입을 오물거리는 간호사는 장택근과 여인들의 관계에 대해 궁금한 것이 많은 모양이었다.

어떻게든 자신의 상상력을 충족시켜 줄 무언가를 찾겠다고 혈안이 되어 눈동자를 떼굴떼굴 굴려대느라 정신이 없었다.

결국 기분이 상한 장택근이 축객령을 내리자 그제야 자신의 실태를 깨닫고는 황급히 도망치듯 병실을 나서는 간호사였다.

그러면서도 마지막 문을 닫으며 병실의 이곳저곳을 훑어보는 그녀의 모습을 보면 조만간 일이 나도 크게 나지 싶었다.

하지만 지금으로선 저 방정맞은 입을 다물게 할 방법이 없었다.

당장 윤신애와 진재영을 돌려보내자니 그녀들이 느끼는 공포가 자신의 상상이고, 또 그 스스로도 그녀들이 걱정되어 홀로 내버려 둘 수 없었다.

어차피 구설수에 오른 김에 그녀들의 안위라도 챙기는 것이 상책이었다.

"지원 씨는 아직 연락 없어?"

병실의 한구석에 앉아 과일을 깎고 있던 추영훈이 물었다.

산만 한 덩치에 어울리지 않게 조그마한 과도로 사과를 깎는다고 낑낑거리고 있는 그의 모습이 우스워 장택근은 고개를 절레절레 흔들었다.

그걸 또 부정으로 알아듣고는 추영훈이 고개를 갸웃거렸다.

"팬 미팅 스케줄이 이렇게 길 수가 없을 텐데. 게다가 지원 씨, 한국에서의 스케줄도 장난 아니게 밀려 있을 테고."

그의 말에 장택근이 한시도 손에서 떼어내지 않고 있던 휴대폰을 물끄러미 바라보았다.

"뭐, 전국 순회라도 다니는 모양이죠."

"무슨 팬 미팅이 순회공연도 아니고."

여전히 의문이 가시지 않은 얼굴을 한 추영훈이 그렇게 중얼거리고는 삐뚤빼뚤 엉망으로 손질된 사과를 내밀었다.

"형, 진짜 다음에는 제가 깎아 먹을게요."

"뭐, 맛만 좋으면 되지."

제 스스로 보기에도 엉망진창으로 깎인 사과가 민망했는지 그가 퉁명스레 대꾸했다.

"저는 언제쯤 퇴원해요? 영화 오디오도 따야 할 거 아니에 요."

장택근의 질문에 추영훈이 좀 더 기다려 보라는 말로 대답을 대신했다.

"어차피 하기로 한 거, 기분 좋게 마무리 지어야지 굳이 이럴 필요가……."

"있어봐. 대표님이 생각이 있을 거야. 알잖아. 그 양반 수완 좋은 거."

아무리 그렇다고 해도 근 1주일 가까이 병원에 처박혀 있자니 좀이 쑤셔 죽을 지경이다.

"왜, 좋지, 뭐. 예쁜 아가씨들이 둘이나 와서 수발을 들어주는데. 캬, 진짜 택근 씨는 전생에 나라를 구했나 봐. 지원 씨에 신애 씨, 그리고 재영 씨까지."

까맣게 타들어가는 그의 속도 모르고 추영훈이 멋대로 지껄여 댔다.

대답할 말도 없는 차라 장택근이 뭉툭한 사과를 입에 쑤셔 넣었다.

아무리 상황이 복잡하고 또 앞날이 불안해도 목구멍이 포도청이라고 하더니 맛은 있었다.

그렇게 한 움큼 사과를 입에 쑤셔 넣고 입을 오물거리고 있는데 누군가가 병실 문을 두들겼다.

"네, 들어오세요."

사과를 씹어대느라 바쁜 장택근을 대신해 추영훈이 방문객을 맞아주었다.

"어라? 완전 멀쩡해 보이는데?"

병실에 들어선 이는 임수진이었다. 언제나처럼 여성스러운 원피스를 입은 그녀가 소녀처럼 통통거리는 걸음으로 장택근을 향해 성큼성큼 다가왔다.

"안녕하세요, 추 실장님?"

"오랜만입니다."

곱게 미소를 지으며 인사하는 그녀에게 마주 인사를 해준 추영훈이 괜스레 얼굴을 붉혔다.

"누나 오셨어요?"

"응. 마침 스케줄이 비어서 들렀어."

이미 그를 제외한 배우들은 오디오 작업 준비에 들어갔다는 소식을 들은 차라 장택근이 미안한 얼굴로 대꾸했다.

"저 때문에 누나 스케줄까지 밀리죠?"

"아냐. 사람이 먼저지. 놀다가 다친 것도 아니고 정 감독님이 추가 촬영 요구했다며. 감독판 찍자고. 그거 찍다가 다친 건데, 뭘."

역시나 언제나처럼 조곤조곤한 그녀의 음성에는 한 점 그를 나무라는 기색조차 없었다.

"라고 생각했는데 막상 와보니까 너무 멀쩡해 보여서 조금 신경질 나려고 하는데?"

농담이랍시고 건네는 말에 장택근이 괜스레 진땀을 삘삘 흘리자 이내 그녀가 피식 웃으며 다시 이야기했다.

"그보다 요즘 여복 터졌다고 소문이 파다해."

"네?"

"아니, 미모의 아가씨들이 하루가 멀다 하고 병실을 찾는다면서."

그녀의 말에 장택근이 와락 얼굴을 일그러뜨렸다.

"소문이 그렇게 났어요?"

"어. 완전 소문 다 났어."

임수진의 천연덕스러운 대꾸에 옆에서 듣고 있던 추영훈이 끼어들었다.

"뭐, 기사로 나갈 일은 없지만 만약 나가도 입장 표명할 준비는 다 돼 있으니까 걱정 마."

이미 거기까지 안배가 된 것인지 그의 말에 한 점 망설임이 없었다.

"끄응. 오지 말라고 할 수도 없고."

"왜, 가까운 사이야? 하긴 가까운 사이니까 그렇게 병문안을 매일 오지."

그래도 병실에서 아예 동거를 하고 있다는 소문까지는 나지 않은 모양이다.

그나마 다행이라고 생각한 장택근은 안도의 한숨을 내쉬
었다.

*   *   *

"오디오 작업에 이거저거해서 이달 말쯤에는 홍보 영상 마
지막으로 내보내고 바로 개봉 들어갈 준비 한다는 것 같더라
고."

푹 쉬라는 의미인지 추영훈이 미처 해주지 않은 이야기이
다. 장택근은 임수진의 이야기에 못내 미안한 얼굴을 해보였
다.

"그런 얼굴 하지 마. 우리 영화 며칠 늦게 개봉한다고 어떻
게 될 정도로 대충 만든 영화 아니잖아?"

그녀가 웃는 낯으로 그를 위로해 주었다.

"그나저나 그 아가씨들은 아예 여기서 살림을 차린 모양이
네?"

아무렇지도 않은 그녀의 말에 장택근은 진땀을 흘렸다. 그
러고 보니 윤신애와 진재영이 늘어놓은 옷가지와 화장품이
한쪽 구석에 잔뜩 쌓여 있다.

"아, 그게……."

자세한 사정을 말할 수도 없는지라 그는 그저 어색하게 웃어 보였다. 임수진이 그런 그를 보며 샐쭉한 표정을 지어 보였다.

"그보다 누나는 요즘 별일 없어요? 얘기 들어보니까 여기저기 영화 홍보차 많이 바쁘시다면서요."

예능 프로그램에는 그다지 얼굴을 비추지는 않는 그녀지만 라디오나 다른 분야에서 꽤나 활발하게 활동하고 있었다.

이번에도 영화 〈심장이 뛴다〉의 홍보차 여러 군데 얼굴을 비추느라 바쁘게 지내는 모양이었다.

"뭐, 그간 많이 놀았으니까 밥값 해야지. 영화가 잘돼야 나도 노후가 편안하지."

40대를 바라보는 그녀지만 타고난 동안이라 아직도 소녀 같은 태가 남아 있는 그녀가 그렇게 말하니 제법 우스웠다. 장택근이 큭큭대고 웃자 그녀가 다시 한 번 샐쭉한 얼굴을 해 보였다.

"너, 누나 나이 많다고 지금 비웃는 거야?"

"아뇨, 아뇨. 그럴 리가요. 누나 얼굴만 보면 솔직히 동생, 그것도 한참은 동생 같은데……."

그가 웃음기를 거두지 않고 이야기하자 그녀의 얼굴에 은근히 기분이 좋은 기색이 떠올랐다.

"뭐야? 내 나이가 곧 40이다. 일찍 결혼했으면 애가 대학

들어갈 나이야."

조금 과장스러운 그녀의 말에 장택근이 그런가 하고 납득하는 시늉을 해보이자 그녀가 빽 소리를 질렀다.

"하여간 영화 생각 하지 말고 몸이나 잘 회복하고 와. 안 그래도 상경 선배도 네 걱정 많이 하시더라. 아마 지방 스케줄이 끝나면 달려올 거야."

"끄응. 상경 선배 오시면 좀……."

아무리 살갑게 자신을 챙겨준다고 해도 평소 엄격한 성격의 김상경이 마냥 편한 것만은 아니라 그가 울상을 하자 그녀가 그의 어깨를 툭하고 밀었다.

"이른다. 그래도 그 선배가 한번 챙긴 후배들은 또 끔찍하게 챙겨. 친하게 지내서 나쁠 거 없어. 그리고 밖에서 보면 성격 다르니까 걱정 말고."

임수진은 영화 제작 현황에 대한 이런저런 소식과 제작진의 근황에 대해 이야기하곤 돌아갔다.

"음. 꼭 누나가 친동생 챙기는 것 같네."

임수진이 병실에 두고 간 이런저런 먹거리와 책 꾸러미를 보며 추영훈이 말하자 장택근이 고개를 끄덕였다.

"저게 수진이 누나 매력이죠."

"그러게. 천생 여자다. 우리 민경 씨도 그런 성격인 줄 알았는데."

"어라? 형, 민경 씨한테 이를 거예요?"

"끄응. 안 그럴 거라 믿겠어.

그전에는 그렇게나 죽고 못 살더니 연애 시작한 지 얼마나 됐다고 벌써 성민경에게 붙잡혀 사는 그를 보며 장택근은 피식 웃고 말았다.

시답지 않은 소리를 늘어놓으며 떠들어대던 추영훈마저 돌아가고 나자 장택근은 침대에서 일어났다.

과연 VIP 병실은 조망에도 신경을 썼는지 창가에 기대어 바라본 풍경이 제법 그럴싸했다.

하지만 그가 바라보는 것은 제법 잘 정리된 병원의 산책로가 아니라 그보다 더욱 먼 곳에 있는 무엇이었다.

이 끝나지 않는 저주와 연이은 사건들, 여인들과 자신의 미래. 머리가 복잡했다.

그가 생각에 잠겨 있는데 침대에 올려둔 휴대폰이 진동음을 토해내며 몸을 마구 떨어댔다.

어쩐지 평소보다 더욱 격렬하게 울려대는 진동에 재빠르게 달려가 휴대폰을 집어 들었다.

'이지원.'

심장이 뚝 하고 떨어졌다. 휴대폰에 떠오른 이지원의 이름을 보는 순간 온몸이 차갑게 식어 내렸다.

망설임이 가득한 손짓으로 수신 버튼을 누른 장택근은 마른 입술을 한번 훔치고는 입을 열었다.

"여보세요?"

—자고 있었어? 전화를 늦게 받네?

아무렇지도 않은 그녀의 목소리가 왜 그렇게 섬뜩한지 장택근은 애써 태연한 음성을 연기했다.

"아, 폰 침대에 두고 잠깐 화장실 다녀왔어."

—그래? 몸은 좀 어때?

고저 없는 그녀의 음성에 장택근이 여전히 경직된 얼굴로 대꾸했다.

"뭐, 알잖아. 나 워낙에 몸 튼튼한 거."

—그렇긴 하지. 나 오늘 돌아가. 도착하면 대충 옷만 갈아 입고 바로 그쪽으로 갈게.

드디어 올 것이 왔다.

이제까지 그 수많은 의혹과 의문에도 불구하고 미뤄두었 던 그녀에 관한 모든 이야기, 그녀와 대면하고 나서까지 숨길 수는 없으리라.

생각보다 늦은 것 같기도 하고 또 이른 것 같기도 한 그녀 와의 만남, 갈피를 잡을 수 없는 심정으로 알았노라 대답하니 휴대폰 너머에서 잠시 침묵이 감돌았다.

—자기, 뭐 나한테 화난 거 있어?

조심스러운 그녀의 질문에 장택근은 순간적으로 마음이

약해졌다.

그래도 아마존에서부터 동고동락하고 그간 오랜 시간을 함께해 왔는데 지금 자신의 행동이 일종의 강박증으로 인한 실례가 아닌가 하는 생각이 들었다.

하지만 아마존 다큐 촬영팀의 연이은 죽음, 그리고 가장 최근에 벌어진 김선영 작가의 죽음, 그 안에 담긴 메시지는 엄연한 팩트였다.

"아냐. 오면 이야기해. 피곤할 텐데 푹 쉬고."

―흐음. 알았어. 가서 보자고. 오늘 저녁 열한 시쯤 도착하니까 졸리면 자고 있어.

대충 알았노라 대답하는데 병실 문이 열리며 진재영과 윤신애가 들어섰다.

이 앞에서 둘이 만났는지 사이좋게 팔짱을 끼고 들어온 그녀들의 얼굴이 한겨울 날씨에도 빨갛게 달아올라 있었다.

"어? 누구랑 통화하고 있었어?"

"아, 지원이요."

이지원과 통화했다는 그의 말에 어쩐지 여인들의 얼굴이 조금은 딱딱하게 변했다고 하면 그의 기분 탓일까.

"아, 일 잘 끝났대?"

진재영의 어색한 질문에 장택근은 속으로 한숨을 내쉬었다.

"뭐, 그런가 봐요. 워낙에 일 이야기는 잘 안 하는 애라서 저도 자세히는 모르겠어요."

그렇게 말한 장택근이 그녀들을 안으로 들어오라 재촉했다.

이지원의 이름이 나오는 순간 까닭 없이 굳어버린 그녀들은 아직도 병실에 들어서다 만 어정쩡한 위치에 있었다.

"안 추워요? 바람 들어와요."

그제야 자신들과 다르게 장택근은 얇은 옷차림이라는 사실을 깨닫고는 후다닥 문을 닫으며 병실로 들어섰다.

"누구 왔다 간 모양이네?"

윤신애가 테이블 위에 놓인 책 꾸러미와 각종 간식거리를 보고는 눈을 동그랗게 떴다.

"아, 수진이 누나 알죠? 그 누나 왔다 갔어요."

임수진이 들렀다는 소리에 그녀들이 서로를 바라보며 시선을 교환했다.

뭔가 알쏭달쏭한 그녀들의 태도에 장택근이 고개를 갸웃거리는데, 진재영이 간식 꾸러미를 들추며 말했다.

"골고루도 사왔네. 이거 다 사러 다니는 것도 일이었겠다."

"뭐, 오는 길에 사왔겠죠."

그녀의 말에 장택근이 대수롭지 않게 말하자 진재영이 눈을 가늘게 떴다.

"이거하고 이거, 서울에 하나밖에 없는 매장에서 사온 거야. 하난 신사동에 있고 하나는 종로에 있어. 그리고 이건 요즘 인터넷에 한참 맛집 입소문 탄 샌드위치 집인데 이건 강동구 쪽에서나 파는 건데?"

평소 맛집에 대한 정보 정도는 꿰차고 있는 진재영이다.

그녀가 샌드위치며 이런저런 것을 들춰 보이며 하는 말에도 그는 여전히 아무렇지도 않은 얼굴이었다.

진재영이 뭐라고 더 말하려다가 윤신애의 눈짓을 받고는 입을 다물었다.

"그나저나 지원이는 언제 온대?"

화제를 전환한다고 한 말에 장택근의 얼굴이 경직됐다. 그 미묘한 변화를 눈치챈 진재영과 윤신애가 눈을 동그랗게 떴다.

"음. 열한 시쯤 공항 도착이라던데요."

최대한 표를 내지 않는다고 하지만 이제는 이지원에 관한 이야기를 하는 것만으로도 어딘지 모르게 가슴이 서늘해지는 기분이 들었다.

장택근의 얼굴에 짙게 그림자가 깔리자 진재영이 의아한 얼굴을 했다.

"그래? 근데 너희 둘, 혹시 싸웠어?"

오해라도 한 모양인지 일장 훈계라도 늘어놓을 듯한 표정의 그녀를 보며 장택근은 고개를 저었다.

"음. 그건 아닌데… 그냥 뭐 그런 게 있어요."

지금이야 태연한 모습이지만 시간이 조금 더 지나면 그녀들이 보일 강박적인 모습을 떠올리며 그는 말을 얼버무렸다.

괜히 확실하지도 않은 이야기를 늘어놓아 그녀들의 불안감을 부추길 필요는 없었다.

이어 그녀들은 사이좋게 화장실에 들어가서 소란을 떨어댔다. 아마도 양치를 하고 간단히 세안을 하는 모양인데 뭐가 그리 즐거운지 웃음소리가 끊이지를 않았다.

그사이에 간호사가 다녀갔는데 병실의 한편의 화장실과 장택근을 번갈아 바라보는 눈초리에 호기심이 가득했다.

이제는 그런 눈빛조차도 익숙해진, 아니, 체념한 장택근은 선선히 간호사가 전해준 약을 받아 들었다.

별 생각 없이 약을 먹고 보니 목 넘김이 어쩐지 평소와는 달랐다.

"이거 무슨 약이에요?"

"아, 요즘 잠을 통 못 주무셔서 신경안정제예요. 아마 내일 아침까지 푹 잘 수 있을 거예요."

하긴 요 근래 잠을 제대로 자지 못했다.

"아, 감사합니다."

미소를 지으며 인사를 하니 간호사의 얼굴이 순식간에 시뻘겋게 달아올랐다.

그녀는 갑자기 부자연스러운 태도로 이런저런 제 할 일을 마치더니 도망가듯 병실을 빠져나갔다.

"아오. 저 죄 많은 인생 같으니라고."

언제 나왔는지 화장실 문 앞에 꼭 붙어 팔짱을 낀 진재영과 윤신애. 그중 진재영이 혀를 차며 그를 흘겨보았다.

방금 세안을 해 귀밑머리며 이마에 물기 젖은 머리가 착 달라붙은 모습을 한 그녀들은 오늘도 여기서 밤을 지새울 모양인지 편안한 옷차림이다.

한겨울 날씨임에도 불구하고 난방이 잘되는 탓에 그녀들의 복장은 가벼웠다.

그래도 가릴 곳은 다 가린 윤신애와는 달리 진재영의 복장은 정말 자기 집 안방에라도 있는 듯한 차림새다.

"아오, 누나, 그러고 또 있으려고?"

"왜? 사람이 잘 때는 편안하게 입고 자야지."

그리 말하면서 곁에 있는 윤신애의 티셔츠를 이리저리 잡아당기며 하는 말이 가관이다.

"이렇게 꽁꽁 싸매고 자면 안 불편하냐? 택근이만 없었으면 홀딱 벗고 잘 텐데."

병문안을 와서 하는 말이 가당치도 않아 장택근은 황당하다는 표정을 지어 보였다.

이 병실에 입원한 환자가 누구인데 그 환자를 내쫓고 자리를 차지할 생각이란 말인가.

"그렇게 안 생겨서는 가슴도 큰 지지배가 옷으로 꼭 가리고 있어요."

"언니!"

가슴이란 말에 장택근의 시선이 저도 모르게 윤신애의 가슴으로 향했다.

"오빠!"

윤신애가 꽥 소리를 질렀다.

그녀가 울상을 하고 소리를 지르는데 장택근은 무심코 코평수를 넓히고는 킁킁대며 그녀를 바라보고 말았다.

결국 윤신애가 눈물이 그렁그렁해지고 나서야 진재영의 장난은 끝이 났다.

"아, 미안해."

윤신애의 원망에 찬 눈빛에 그는 사과를 하면서도 속으로는 억울한 마음을 금할 수 없었다.

장난을 친 건 재영이 누난데 왜 내가 사과를 해?

*   *   *

낮 동안 그렇게 북적거리던 장택근의 병실도 밤이 되자 침묵이 찾아들었다.

희미하게 깜박이는 전기 기기의 램프가 이따금씩 깊은 잠에 빠진 장택근의 얼굴을 비춰 주었다.

악몽이라도 꾸는지 인상을 잔뜩 찌푸린 그의 잇새로 이따금씩 앓는 소리가 새어나왔다.

"안 돼."

비단 악몽을 꾸는 것은 그뿐만이 아닌 모양이었다. 비좁은 간이침대에 누워 서로를 꼭 부둥켜안은 진재영과 윤신애가 의미를 알 수 없는 잠꼬대를 하는데 하나같이 고통에 찬 기색이 역력했다.

신음 소리와 억눌린 잠꼬대, 몽마(夢魔)가 지배하는 병실의 공기가 끔찍할 만큼 무거웠다.

딸칵.

그때 문고리 돌아가는 소리가 들리고, 이내 복도에서 새어들어 오는 형광등의 창백한 불빛이 병실의 한가운데를 갈랐다.

정확하게 장택근과 여자들의 사이를 가른 새하얀 불빛에 악몽에 시달리던 이들이 잠시지만 신음을 멈추었다.

그리고 그 사이로 들어서는 기다란 그림자 하나. 네모지게 틀 잡힌 복도의 불빛 가운데에 갇혀 버린 그림자가 한참이나 그 자리에 머물다가 문이 닫히는 소리와 함께 완전히 사라지고 말았다.

저벅저벅.

깊이 잠든 이들 사이로 발소리가 끼어들었다.

뭘 하다 잠이 든 건지 바닥이며 테이블에 잡동사니가 잔뜩 늘어진 복잡한 병실. 검은 그림자가 그 틈을 파고들었다.

그림자가 병실 한가운데 섰다. 그리고는 주변을 둘러본다.

인상을 잔뜩 찌푸린 장택근에게 닿아 있던 시선이 진재영에게, 다시 윤신애에게, 그리고 다시 장택근에게 향했다.

"제발……."

마치 애원이라도 하는 듯한 장택근의 잠꼬대에 그림자가 잠시 멈칫했다. 그리고는 발걸음을 옮겨 장택근이 누운 침상 앞에 섰다.

미동도 없이 시선을 내리깔고 물끄러미 그를 바라보던 그림자가 천천히 손을 내밀었다.

어둠 속에서도 새하얗게 보이는 핏기 없는 손목이 가늘고 늘씬하다. 뱀처럼 스멀스멀 그의 몸을 향해 기어간 손길이 이내 그의 단단한 육체에 닿았다.

"허억!"

그 순간 장택근이 눈을 번쩍 떴다.

일순간이지만 눈꺼풀을 밀어내고 드러난 샛노란 안광에 그림자가 몸을 움찔거렸다.

하지만 그도 잠시, 그의 눈동자는 언제 그렇게 번뜩였냐는 듯 이내 어둠을 머금은 탁한 빛의 그것이 되었다.

아직 잠이 덜 깬 것일까.

장택근이 자신의 몸에 닿은 손길조차 깨닫지 못하고는 눈을 껌벅이며 숨을 몰아쉬었다.

마치 깊은 물속에 잠겨 있다 이제 막 수면으로 나온 것처럼 그는 턱까지 치켜들고는 한참을 숨을 들이마시고 내뱉었다.

그렇게 얼마나 펄떡거리는 호흡을 가다듬고 있었을까. 몽롱하던 눈동자에 빛이 돌아왔다. 그리고 그제야 자신의 몸에 닿은 손길을 눈치챘는지 그의 시선이 그림자에 닿았다.

*　　　*　　　*

"허억!"

심장이 저 아래까지 떨어졌다. 더불어 몸이 차게 식어버리며 일순간 머리가 저릿저릿해질 정도로 놀란 장택근이 눈을 찢어져라 부릅떴다.

"미안. 나 때문에 깼어?"

낮게 깔리는 그윽한 음색에 그는 뒤늦게 상대의 정체를 깨달았다.

"어휴, 인기척 좀 내고 다녀."

무심코 투정을 내뱉으니 이지원이 하얀 이를 드러내며 씨익 웃었다.

"미안. 한국 왔는데 자기가 너무 보고 싶어서 왔지."

그녀의 말에 장택근은 상대의 정체를 알았음에도 심장이 여전히 격렬하게 펄떡거리고 있음을 느꼈다.

관자놀이가 불끈거리는 듯한 기분에 그가 인상을 찡그리고는 몸을 일으켰다.

"더 누워 있지."

그녀의 음성에 그가 고개를 흔들고는 잠시 벽면에 걸린 시계를 보았다.

새벽 두 시 반.

아직 동이 트려면 멀었다.

11시에 김포공항에 도착한다더니 집에 들렀다가 바로 온 모양이다. 시간을 확인한 그는 자세를 고쳐 앉았다.

"잠 깼다."

잔뜩 쉰 음성으로 그리 말하니 짙게 그림자가 깔린 이지원이 입매 사이로 하얀 이를 드러냈다.

그 모습이 괜스레 섬뜩해진 장택근은 서둘러 침대 머리맡에 달린 보조 등의 스위치를 향해 손을 가져갔다. 하지만 이지원이 그런 그의 손을 잡아챘다.

"재영이 언니하고 신애 깨."

은근한 음성에 그는 그녀의 손에 잡힌 자신의 손을 슬그머니 뺐다.

이상할 정도로 차가운 그녀의 손 감촉에 괜스레 등골이 서늘해졌다. 그녀의 손이 닿은 자리가 얼음물에 들어갔다 나온 듯 차가웠다.

"아, 괜찮아. 한번 잠들면 어지간하면 안 깨."

그렇게 말하고는 그의 손이 후다닥 그녀의 손길을 피해 벽면에 달린 스위치를 켰다.

마치 어둠 속에 덩그러니 놓인 듯하던 침대 주변이 밝아졌다.

비록 수면에 방해가 되지 않을 정도로 조절이 된 보조 등인지라 병실 전체가 환하지는 않았지만 그는 그 미약한 불빛만으로도 마음이 안정되는 것을 느꼈다.

아니, 병실의 밝고 어두움 따위는 사실 그에게 중요하지 않았다. 시꺼멓게 그림자가 깔린 이지원의 얼굴이 환하게 드러났다는 사실만이 그에겐 중요했다.

침대 머리맡에 달린 보조 등이란 것이 으레 그렇듯 좁은 공간을 한정적으로 비춰주는 조명이다. 그렇게 불을 켜고 나니 오히려 저 간이침대에서 잠이 든 진재영과 윤신애가 있는 곳이 더욱 어두워 보였다.

마치 어둠이 집어삼킨 듯 검은 실루엣만이 남은 그녀들의 모습에 괜히 등가가 서늘해진 그는 한숨을 토해냈다.

"언제 왔어?"

분위기를 환기시킨답시고 한 말에 저도 모르게 냉담한 기색이 서려 있다.

"방금."

짤막하게 대답한 그녀가 투명한 눈동자로 멀거니 그를 바라보았다. 평소와 다름없는 서늘한 눈매에 깊은 빛의 눈동자다.

"피곤할 텐데 그냥 들어가서 쉬지."

딴에는 음색을 가다듬는다는 것이 평소와 달리 목소리가 올라가 우스꽝스러운 목소리가 나와 버렸다. 하지만 장택근도 이지원도 웃지 않았다.

"얼굴이나 보려고 들렀어."

예전의 자신이라면 그녀의 드문 감정 표현에 신이 나서 함박웃음을 지었을 것이다.

하지만 지금은 그저 그녀의 말에 숨겨진 다른 의도가 있나 하고 먼저 의혹부터 들었다.

김선영의 죽음, 그리고 이지원을 조심하라는 그녀의 마지막 메시지.

"아, 그래도 좀 쉬지."

계속된 그의 냉담한 말에 서운했던 것일까. 이지원이 갑자기 입을 다물었다.

순식간에 찾아든 정적에 장택근은 어깨 어림을 누군가가 짓누르는 것 같은 착각에 미미하게 인상을 찌푸렸다.

"근데 재영 언니하고 신애는 매일 여기서 저러고 있는 거야?"

그녀의 말에 그는 망설이다 고개를 끄덕였다. 의혹도 많고 여러 가지 찝찝함이 있었지만 어디까지나 그녀는 자신의 여인이다.

그녀 앞에서 다른 여인들과 본의 아니게 동거 생활을 하는 꼴을 보였으니 마음이 좋지는 않았다.

"네가 나 좀 챙겨주라고, 잘 부탁한다고 그랬다며 가라고 해도 통 말을 듣지를 않아서."

자연스럽게 변명처럼 입을 놀리고 그녀의 눈치를 보게 되었다.

"내가?"

그녀는 금시초문이라는 듯 고개를 갸웃거렸다.

"뭐야. 네가 한 말도 기억 못하는 거야?"

어쩐지 그녀의 태도에 소름이 돋은 장택근은 애써 태연한 기색으로 그녀에게 핀잔을 주었다.

"아……."

뒤늦게 떠오른 것일까. 그녀가 짧게 탄성을 내뱉었다.

"그러네. 얘기했나 보네."

마치 남의 얘기를 하는 듯한 그녀의 말투에 순간 머릿속으로 무언가가 스쳐 지나갔다.

하지만 그 번뜩임은 정말 찰나에 가까운 것이라 나타난 것보다 빠르게 사라져 버리고 말았다.

뭔가 중요한 것을 놓친 듯한 기분에 다시금 그가 인상을 쓰고 있는데 그녀가 혼잣말처럼 중얼거렸다.

"잊고 있었어."

대수롭지 않은 투로 얘기한 그녀가 잠시나마 진재영과 윤신애를 향해 시선을 주었다.

고개를 돌리고 있어 그녀의 표정까지는 보이지 않았다. 장택근은 어쩐지 그녀가 어떤 얼굴을 하고 있을지 굉장히 신경 쓰였다.

하지만 다시금 고개를 돌린 그녀는 평소와 같이 무표정했다.

"뭐 마실래?"

장택근이 침대에서 일어나려는데 그녀의 손이 그의 가슴께를 내리눌렀다.

"아냐. 나 금방 갈 거야. 쉬어. 피곤해 보인다."

그렇게 말한 그녀는 정말로 금세 자리를 뜰 것처럼 몸을 반쯤 틀었다.

"벌써 가게?"

장택근이 그렇게 물으니 그녀가 조금은 처연한 얼굴을 해 보였다.

"그렇게 온몸으로 빨리 갔으면 좋겠다고 말하고 있는데 가 봐야지."

좀처럼 그녀가 보이지 않는 모습이다. 농담 같기도 하지만 농담이라고 해도 그녀가 평소 보이지 않는 모습인 건 매한가지다.

"그게 아니라……."

그 모습에 그는 마음이 약해졌다. 아직 밝혀진 것은 아무것도 없는데 자신이 너무 민감하게 반응하는 것은 아닐까 하는 생각에 괜스레 미안한 마음이 들었다.

하지만 지금 이 순간에도 마치 무언가에 묶인 듯 굳어버린 입술이 변명조차 할 수 없도록 제대로 움직이지를 않았다.

"됐어. 그냥 해본 말이야. 아픈 사람 오래 깨워둘 생각 없어."

그렇게 말한 그녀가 정말로 아무렇지도 않은 얼굴을 해보였다. 그나마 조금은 마음이 편안해진 장택근이 한숨을 내쉬고는 침대에서 몸을 일으켰다.

"근데……."

언제 거기까지 갔는지 이미 문고리를 잡은 그녀가 문득 뒤를 돌아보았다. 배웅 아닌 배웅이라도 하려고 몸을 일으키던 그는 그녀의 말에 움직임을 멈췄다.

"근데 말이야."

그녀의 시선이 장택근을 훑고 지나가 윤신애와 진재영에게 향했다.

어느 샌가 어둠에 잠겨들어 다시 그림자가 깔린 그녀의 얼굴이 어떤 표정인지는 알 수 없었지만, 어쩐지 그녀가 방금 전과는 다른 사람처럼 느껴졌다.

그녀를 감싸고 있는 분위기가 달라졌다고 할까. 서늘하던 그녀 주변의 공기가 어쩐지 붕 떠 있는 듯한 기분에 장택근은 마른침을 꼴깍 삼켰다.

"지금 행복해?"

예상치 못한 그녀의 말에 그는 폐 속에 잔뜩 머금었던 숨결이 올라오다 턱하고 막히는 기분이 들었다.

"갈게."

대답은 기대하지 않은 모양인지 그녀가 짧게 한마디를 하고선 그대로 문을 열고 나갔다.

그녀가 떠난 병실에 홀로 남은 장택근은 망연자실해 그녀가 사라진 병실 문을 한참이나 바라보아야 했다.

'지금 행복해?

대체 어떤 의미로 한 말일까. 의미를 알 수 없는 그녀의 질문에 괜스레 가슴 한구석에 커다란 돌덩이가 박힌 것처럼 갑갑한 심정이 되었다.

'지금 행복해?

머릿속을 계속해서 울려대는 그녀의 무감정한 음성이 몇 번이고 그를 두들겼다.

그렇게 그는 한참이나 멍하니 그 자리에 서서 그녀가 떠난 자리를 바라보았다.

어둠이 짙게 깔려 있던 병실에도 아침이 찾아들었다. 창의 버티컬 사이로 새어 나온 햇살이 조각조각 병실을 밝혀대는데, 진재영과 윤신애는 아직도 깨어날 생각을 하지 않았다.

이지원이 남기고 간 여운 탓에 한숨도 자지 못한 장택근이 결국 보다 못해 몸을 흔들어대니 그때서야 그녀들이 졸린 눈을 비비며 눈을 떴다.

"누나는 오늘 일 안 나가? 신애도 오늘 스케줄 있다면서."

밤사이 잔뜩 쉬고 갈라진 음성으로 그녀들을 다그치니 그제야 그녀들이 눈을 껌벅이며 시간을 물었다.

"여섯 시 반이야."

벌써 여섯 시가 넘었다는 말에 그녀들이 끄응 하고 앓는 소리를 내뱉었다.

"아오, 잔 것 같지도 않네. 꿈자리가 사나워서."

진재영이 부끄러운 것도 모르고 온몸을 뒤틀어댔다. 그 바람에 옷차림이 간편하다 못해 헐벗었다 싶은 그녀의 맨살이 더욱더 드러나 버렸다.

평소 같으면 그녀를 나무랐을 윤신애도 잠이 깨지 않는지 멍한 얼굴로 있다가 그녀의 말에 동조했다.

"언니도? 나도 밤새 악몽 꾼 것 같아."

그녀뿐이랴. 진재영도 장택근도 전부 밤사이에 악몽에 시달렸다. 어쩌면 같은 꿈을 꿨을지도 모를 그녀들이 뒤늦게 부랴부랴 일어나 나갈 채비를 꾸렸다.

"그럼 이따 봐."

이제는 출퇴근이 자연스러워진 그녀들이 짧게 인사를 하고 병실을 나가자 장택근은 또다시 홀로 병실에 남게 되었다.

덩그러니 던져진 듯 붕 떠버린 존재감에 그는 고개를 세차게 저었다.

10장

의문

병실 생활을 하기 시작한 지 벌써 일주일이 훌쩍 지났다.

이지원이 찾아간 이후로도 이틀이란 시간이 흐르고, 이제는 슬슬 나가봐야 하지 않을까 생각하는데 추영훈이 찾아와 말했다.

"택근 씨, 내일 퇴원하는 걸로 하자고."

그렇게 말하는 것을 보니 영화 〈심장이 뛴다〉의 제작사와 조율이 잘된 모양이다.

구체적인 이야기야 나중에라도 해줄 것이 분명하기에 장택근은 짧게 고개를 끄덕이며 한숨을 내쉬었다.

"좀 쑤셔 죽는 줄 알았어요."

사지 멀쩡한 건장한 남성이 일주일 넘게 이 좁디좁은 병실에 처박혀 있었으니 얼마나 답답했겠는가.

그간의 스트레스를 말해주듯 입원하기 전보다 오히려 더욱 피로해 보이는 얼굴을 한 그를 보며 추영훈이 위로의 말을 건넸다.

"뭐, 이쪽 일 하다 보면 본의 아니게 이런 보여주는 행위가 중요할 때가 있어서."

그 말도 맞는 것이 장택근의 사고 소식에 이어 입원이 길어진다는 이야기가 나오자 벌써부터 그의 팬들과 영화 〈심장이 뛴다〉를 기다리는 수많은 사람이 연일 인터넷 게시판에 글을 올리고 있었다.

오디오 작업을 시작도 하지 못한 탓에 늦어진 홍보 영상의 공개를 만회하고도 남을 정도의 이슈가 되었다.

"끄응. 어째 갈수록 제가 트러블메이커가 되는 것 같아요."

본의 아니게 이런저런 물의를 많이도 일으킨 자신을 떠올리며 그가 그렇게 말하자 추영훈이 고개를 저었다.

"뭐, 상황이 그랬으니까. 트러블메이커는 우영 씨지, 우영 씨."

오늘도 여지없이 돌아온 신세한탄의 시간. 또 무슨 사고를 쳤는지 그의 얼굴이 잔뜩 찌푸려져 있다.

"진짜 군대를 보내 버리든지 해야지 내가 제명에 못 살겠다. 무슨 10대 아이돌도 아니고 말을 그렇게 안 듣는지."

이제는 일상과도 같은 대화라 장택근이 웃음을 짓고는 벌써부터 퇴원 준비를 서둘렀다.

하지만 퇴원 준비라고 해봐야 몸만 달랑 들어와 필요한 옷가지 몇 개만 나중에 챙겨온 그다. 괜스레 갑갑한 마음에 병실을 오고 갔지만 챙길 물건이 없었다.

그 바람에 그는 진재영과 윤신애가 가져다 놓은 짐을 대충 정리했다.

소파와 테이블에 잔뜩 늘어진 카드를 정리하고, 옷가지와 화장품 따위를 한쪽으로 밀어두었다.

하지만 그리 넓지 않은 병실 한편에 놓인 잡동사니가 많아봐야 얼마나 되겠는가.

이내 할 일이 없어진 그가 무료한 얼굴로 병실을 왔다 갔다 하니 추영훈이 낄낄거리며 웃었다.

"진짜 많이 갑갑했구나?"

"왜 아니겠어요. 사람들 때문에 병실도 못 나가, 그렇다고 딱히 할 게 있는 것도 아니고."

입을 삐죽 내밀며 불퉁거리자 추영훈이 위로 아닌 위로를 건넸다.

"그래도 신애 씨하고 재영 씨하고 매일 왔잖아."

그나마 그녀들이라도 없었으면 일주일이 넘는 동안 정말 잠자는 것 말고는 할 일이 없었을 것이다. 장택근은 그건 그렇다고 입을 삐죽이며 고개를 끄덕였다.

추영훈이 돌아가고도 한참이 지나서 돌아온 진재영과 윤신애는 장택근의 퇴원 소식에 복잡한 얼굴을 해보였다. 시원섭섭한 것도 아닌 그 애매한 표정에 그는 다 안다는 듯한 얼굴로 그녀들을 달랬다.

"정 그러면 둘이서라도 같이 지내는 건 어때?"

그의 제안에 진재영이 무릎을 탁 치며 반색했다.

"그러네. 나는 좋은데?"

그녀가 대번에 좋다고 호들갑을 떨자 윤신애 역시 반기는 기색으로 동의를 표했다. 최대한 표를 안 낸다고 했지만 역시나 그간의 스트레스가 꽤나 컸던 모양이다.

홀로 있자니 밤마다 찾아오는 악몽이 무섭고, 그렇다고 과년한 처자들이 함부로 밖을 나돌 수도 없으니 속으로만 끙끙 앓던 차다.

장택근이 제시한 의견에 왜 이제까지 그런 생각을 하지 못했나 싶을 정도로 정말 간단한 해결 방법이었다.

"나도 종종 들를게. 영화 홍보 때문에 정신없겠지만 짬날 때마다 들러볼게."

그나마 자신들의 처지를 이해하는 유일한 사내랍시고 그

를 의지하는 그녀들의 눈빛이 간절하기만 해 장택근은 그렇게 말했다.

단지 그것만으로도 그녀들의 얼굴에 기쁜 기색이 가득 떠올랐다.

과연 연약한 여인 둘, 그것도 악몽과 갖은 스트레스에 시달리는 그녀들이 함께해 얼마나 위안이 될지는 모르지만 그래도 하나보다는 둘이 나을 것이다.

그렇게 생각한 장택근은 그녀들에 대한 일은 제쳐두고 다시 생각에 잠겨들었다.

전날 찾아온 이지원은 어쩐 일인지 연락이 되지를 않았다. 큰마음 먹고 그녀에게 전화를 걸어보았지만 전화기가 꺼져 있었다.

스케줄이 아무리 바빠도 전화를 꺼놓는 법이 없는 그녀인지라 순간적으로 걱정이 되었지만, 이내 그는 그녀에 대한 생각을 털어버렸다.

지금 누가 누구를 걱정한다는 말인가.

그래도 사람 마음이 참으로 간사한 것이, 막상 또 전날 복잡한 얼굴을 한 그녀를 떠올리자 그녀에 대해 걱정이 되었다.

의혹이고 의문이고, 일단 그녀에 대한 감정은 거짓이 아니었으니까.

하지만 기다리는 이지원의 전화는 오지 않고 엉뚱한 곳에서 연락이 왔다.

전날 김선영 작가의 사망과 관련하여 찾아온 최형식 형사의 전화였다.

전날 김선영 작가가 보낸 메일을 통째로 그들에게 전달해 준 터라 은근히 새로운 소식을 기대하고 있던 장택근은 별다른 내용이 없는 최형식의 전화에 이내 실망해야 했다.

아마존의 저주니 뭐니 허황된 소리라며 실마리를 엉뚱한 곳에서 찾는 그를 보니 그들에게 뭔가를 기대하는 것은 어려울 듯했다.

게다가 메일 말미에 쓰인 문구는 해석조차 하지 못하고 있는 그들이니 참으로 갑갑하기만 했다.

그나마 엉뚱한 사람을 범인으로 지목하지 않는 것이 다행일 지경이다.

다음 날 날이 밝자 진재영과 윤신애는 복잡한 얼굴로 병실을 나섰다.

자신들끼리 당분간 같이 지내기로 했다지만 그래도 든든한 장택근이 있는 병실보다는 안심이 되지 않는 모양이다.

병실을 나서는 내내 자꾸만 뒤를 돌아보는 그녀들을 간신히 내보낸 장택근은 진이 빠지고 말았다.

그렇게 기력을 소모하고 병실에 앉아 있던 장택근은 추영훈이 들어서기가 무섭게 몸을 일으켰다.

그간 갑갑한 병실 생활로 인해 갑갑증이 턱 끝까지 올라온 탓이다.

추영훈도 그런 그의 내심을 이해하는지 별다른 말 없이 퇴원 수속을 마치고는 그를 데리고 갔다.

단지 병실을 나섰을 뿐임에도 불구하고 그는 왠지 모르게 신선하게만 느껴지는 공기에 깊이 숨을 들이쉬었다가 내뱉었다.

저도 모르게 얼굴에 미소가 떠오르고 보는 이들마다 반가운 낯으로 인사를 했다.

"그간 수고하셨습니다."

병실에 있는 동안은 그렇게 귀찮던 간호사들의 모습마저도 이제는 천사처럼 보일 정도로 기분이 좋아졌다. 변덕이라고 해야 할지, 아니면 그간의 스트레스가 너무도 심한 탓이라고 해야 할지.

분명한 것은 지금 장택근은 기분이 나쁘지 않다는 것이다.

그간 병실에서 받아온 스트레스로 퀭하게 죽어 있던 눈빛이 금세 살아나고 피부마저 탄력이 돌아온 느낌이 들었다.

"그렇게 좋아?"

결국 보다 못한 추영훈이 놀리듯이 물었지만, 그는 여전히 입가에 미소를 지우지 않았다.

바깥이 이렇게 좋다니…….

이상할 정도로 기분이 들뜨는 것을 느끼며 그는 추영훈을 따라 병원을 나섰다.

병원을 나서서 가장 먼저 들른 곳은 NB엔터테인먼트의 사무실이었다.

마침 자리에 있는 김인숙 대표가 그간 고생했다며 그의 어깨를 토닥거려 주었다. 그리고는 고생한 만큼 보람이 있을 테니 기대하라고 말했다.

아직은 제작사와의 합의점에 대해 명확하게 설명해 줄 마음은 없어 보였지만, 평소 그녀가 보인 수완이라면 분명 그에게 득이 되면 됐지 해가 될 일은 없을 터였다.

김인숙 대표, 그리고 이우혁과 김우영을 차례로 만나 퇴원 축하를 받은 장택근은 집으로 향했다.

"어라?"

설레는 마음으로 현관문을 연 장택근은 그대로 굳어버렸다.

조명을 켜지 않은 어두운 실내인지라 내부가 명확하게 보인 것은 아니었지만, 무언가 자신이 떠나기 전과 달라도 한참 달라져 있었다.

저도 모르게 바짝 몸이 굳은 그는 전등 스위치를 향해 조심스럽게 손을 가져갔다. 느릿느릿 다가가던 손끝에 매끄러운 플라스틱의 감촉이 닿자마자 그는 재빠르게 스위치를 전부 켜버렸다.

팟 하고 조명이 들어왔다. 어둡던 실내가 금세 밝아지며 그가 느낀 이질감이 무엇인지 밝혀졌다.

그가 마지막으로 집을 비울 때까지만 해도 깔끔하다고는 못 해도 제법 정리가 되어 있던 실내의 모습이 엉망진창이었다.

서랍이란 서랍은 죄다 열려 있고 옷장과 책상 할 것 없이 반쯤 끄집어내다 만 내용물이 보기 흉하게 걸쳐져 있었다.

평소 컴퓨터가 놓여 있던 책상 위에는 부서진 컴퓨터 잔해와 키보드 따위로 어지러웠고, 바닥을 나뒹구는 옷가지며 세간살이로 마치 전쟁터 같은 모양새다.

"형, 난데요. 아직 출발 안 했으면 올라와 보실래요?"

장택근은 휴대폰을 들어 재빨리 추영훈에게 전화를 했다.

*　　　　*　　　　*

"그럼 뭔가 발견되는 게 있으면 바로 연락드리겠습니다."

신고를 받고 출동한 경찰이 현장을 둘러보고 돌아가며 인사를 했다. 대충 이야기가 끝난지라 장택근과 추영훈은 수고했다며 경찰을 배웅했다.

그렇게 경찰이 떠나고 나자 장택근은 한숨을 내쉬었다. 난장판이 된 실내를 보니 이걸 언제 다 정리하나 앞이 깜깜했다.

"음, 택근 씨, 나 모르게 원한 진 거 있어?"

추영훈 역시 질린 눈으로 엉망진창이 된 집 안을 바라보다가 신음하듯 툭 내뱉었다.

"글쎄요. 모르죠, 저도. 나 모르게 누가 날 미워하고 있었는지."

"이건 뭐 가져간 것도 없고 컴퓨터만 박살이 났으니 진짜 애매하네."

값비싼 시계를 비롯해 도둑이 훔쳐 갈 만한 것은 아무것도 없어지지 않았다. 단순히 도둑이 들었다고 하기에는 석연치 않은 점이 많았다.

"알아서 잡아주겠죠. 이 집 보안 시설 좋다면서요."

김인숙 대표가 친히 신경 써서 구해준 집이니만큼 건물 자체의 보안이 특별한 집이다. CCTV의 사각도 없다고 들은 적이 있는 터라 장택근은 곧 범인이 잡힐 것을 믿어 의심치 않았다.

"그보다 이걸 언제 다 정리하죠?"

완전히 박살 난 집안 꼴을 보니 한숨이 푹푹 나왔다. 그가 그렇게 인상을 잔뜩 찌푸리고 말하자 추영훈이 잠시 생각하는 표정이더니 불쑥 말했다.

"택근 씨, 며칠만 다른 데 가서 지낼래?"

"어휴, 형한테 도와달라고 안 해요. 걱정 말아요. 그냥 혼자 치울게요."

그의 말에 장택근이 피식 웃으며 대꾸하니 그가 진지한 얼굴로 다시 말했다.

"아니, 그게 아니라 요즘 분위기도 안 좋고 하니 며칠만 다른 데서 지내는 게 어떤가 하고."

정색을 한 그의 얼굴을 보고 장택근이 고개를 갸웃거렸다.

"무슨 분위기요?"

"거 왜 있잖아. 아마존의 저주니 뭐니 하며 사람도 많이 상하고 이런 일까지 있으니 영 마음이 놓이지를 않네."

무슨 이야기인가 했더니 아마존의 생존자들이 자꾸만 죽어나가는 사건을 염두에 두고 한 말인 모양이다.

"그리고 형사한테 들었는데, 김선영 작가도 타살에 무게가 실리고 있다면서."

과연 매니저라 그런지 제법 자세하게 상황을 파악하고 있었다.

하기야 장택근을 탐문하면서 경찰이 추영훈을 피해갔을 리 없었다. 자신의 일거수일투족을 모두 파악하고 있는 매니저이니만큼 그가 놓치고 있는 부분까지 그는 알고 있을 테니까.

게다가 김선영이 마지막으로 연락을 취한 것이 그인지라 경찰도 장택근의 신변까지 조사하는 모양이었다.

방금만 해도 신고를 받고 파견 나온 경찰 말고도 강남서의 최형식 형사한테서도 연락이 왔다.

"그냥 느낌이 좋지 않아. 일단 호텔에 가서 좀 지내자. 집은 사람을 부르던 내가 정리를 하던 할 테니까. 뭐, 특별히 프

라이버시 털릴 만한 물건은 없지?'

추영훈의 태도가 제법 강경해서 장택근은 얼결에 고개를 끄덕였다.

"그럼 일단 급한 대로 필요한 물건만 챙겨서 가자. 대표님도 그렇게 하는 게 좋겠다고 하네."

사실 스스로도 찜찜함이 없지 않던 터라 그는 추영훈의 말에 선선히 따랐다.

짐을 대충 챙겨서 집을 나서니 추영훈이 그새 호텔을 알아보고 있었다.

"네, 그럼 지금 바로 가겠습니다. 감사합니다."

통화를 마친 그는 장택근의 손에 들린 가방을 건네받아 밴으로 향했다.

"끄응. 집에 오자마자 또 타지 생활 하게 생겼네."

병원에서 나선 지 얼마나 됐다고 또 이런 일이 생기는 걸까.

스스로 생각해도 재수가 없다고 생각한 장택근이 한껏 인상을 찌푸리는데 추영훈이 대수롭지 않게 말했다.

"살다 보면 이런 일도 있고 저런 일도 있는 거지. 대표님이 경호원도 붙여준다는 거 내가 말렸다. 택근 씨 그런 거 불편해하잖아."

"아오, 경호원은 무슨 경호원이요. 제가 여자 아이돌도 아니고."

생각만 해도 끔찍한지 장택근이 온몸으로 거부 의사를 표했다.

"형만 해도 충분해요. 덩치도 어지간한 보디가드 저리 가라구만."

이미 스케줄 여부를 떠나 수시로 자신을 들여다보는 추영훈이 있는 상태에서 굳이 경호원을 둘 필요는 없다고 생각한 그는 추영훈에게 고맙다며 인사를 했다.

"일단 가자."

추영훈은 밴을 몰아 시내 중심가에 위치한 유명 호텔로 향했다.

고급스러운 차량이 제법 많이 다니는 호텔 입구지만 역시나 밴은 눈에 띄는 모양이다. 로비를 들락날락거리던 수많은 사람이 검정색 밴을 보고는 잠시 걸음을 멈췄다.

"끄응. 여긴 또 사람이 많은 게 흠이네요."

"일부러 사람 많은 데로 고른 거야. 좀 불편하긴 해도 이렇게 사람 많은 데서 별일 있겠어?"

선글라스를 챙겨 들며 장택근이 차에서 내리는데 추영훈이 얘기했다. 아무렇지도 않게 얘기해도 어지간히 걱정된 모양이다.

"장택근이다!"

이미 선글라스 정도로는 신분이 가려지지 않을 정도로 유

멍해진 장택근을 보고는 사람들 중 몇몇이 소리쳤다.

"괜한 기사 또 올라가겠네."

"난 SNS가 더 무섭다."

그렇게 사람들의 시선을 피해 추영훈과 장택근은 황급히 로비를 통과했다. 미리 전화로 예약을 해두었지만 체크인 절차가 있다 보니 시간이 어느 정도 지체되었다.

벽에 바짝 달라붙어 예술품이라도 감상하듯 벽의 무늬를 보고 있는데, 용케도 그를 알아본 사람들이 웅성거렸다.

"야, 장택근이다!"

"존멋. 자체 발광. 대박."

그래도 수준이 있는 사람들이 드나드는 호텔이라더니 사람 사는 곳은 어디나 마찬가지인 모양이다. 자신들끼리 쑥덕거리던 사람들이 주춤주춤 다가오더니 그를 불렀다.

"거봐. 맞잖아."

"대박! 저 오빠 팬이에요!"

마냥 무시하자니 후폭풍이 무서워 그가 고개를 돌리자 그를 부른 여자들이 꽥꽥거리며 소리를 질러댔다.

"아, 감사합니다."

애써 친절한 얼굴로 그들의 환호에 미소로 화답하는데, 여기저기서 사람들이 몰려들었다.

"오빠, 사인 좀 해주세요!"

"오빠!"

그놈의 오빠 소리에 머리가 지끈거릴 지경이다. 딱 봐도 자기보다 한참은 나이가 있는 여성들인데도 불구하고 오빠를 연발하니 그는 표정 관리를 하기가 쉽지 않았다.

"네, 감사합니다. 감사합니다."

휴대폰을 들이대는 사람들의 모습에 그가 딴에는 태연한 얼굴로 응대하고 있는데 수속이 끝났는지 추영훈이 다가와 사람들을 떼어냈다.

"죄송합니다. 택근 씨가 방금 병원에서 퇴원해서 아직 안정이 필요합니다."

조금은 거친 그의 동작에 밀려난 사람들이 입을 삐죽였지만, 그래도 사람이 아프다는 말에 더 이상 소란을 부리는 일은 없었다.

"오빠, 계속 여기 있을 건가요?"

그래도 오빠라는 말이 그나마 덜 어색해 보이는 여자가 그를 보며 물었다.

"아, 일정에 대한 건 말씀드릴 수가 없습니다. 그럼 이만 가보겠습니다."

추영훈이 굳은 얼굴로 이야기하고는 황급히 장택근을 데리고 자리를 피했다.

다행스럽게도 엘리베이터까지 따라오는 사람은 보이지 않

왔다.

"꼭꼭 숨어 있지 좀."

"제가 무슨 사냥꾼에 쫓기는 사슴이에요, 꼭꼭 숨어 있게? 벽에 딱 달라붙어서 고개를 돌리고 있는데도 알아보는 걸 어떻게 해요?"

볼멘소리로 추영훈의 말에 투정을 부린 장택근은 한숨을 내쉬었다.

대중의 사랑을 먹고사는 연예인이라고 하지만 이럴 때만큼은 대중의 관심이 부담스럽지 않을 수 없었다. 몸도 마음도 지쳐 피곤하기만 한데 사람들의 시선을 신경 써야 하다니, 이것만큼 피곤한 일도 없을 것이다.

"일단은 호텔 측에 이야기해서 사람들 많이 안 다니는 쪽 루트 뚫어볼 테니까 오늘만 참자."

추영훈의 말에 다시 한 번 한숨을 내쉰 장택근은 문이 열리자 이내 엘리베이터를 나섰다.

"어라? 뭐 이렇게 좋은 데를 잡았어요? 이거 하루에 얼마예요? 한 50만 원 하나?"

추영훈을 따라 들어선 호텔 룸이 어마어마했다. 그가 눈을 동그랗게 뜨고 으리으리한 인테리어를 보고 감탄하는데 추영훈이 핀잔을 주었다.

"택근 씨가 그런 걸 왜 신경 써? 어차피 회사에서 나가는 돈인데."

"아니, 그래도 이건 좀 과한데요. 며칠만 있을 거라면서요."

장택근이 호화스러운 인테리어가 영 적응이 되지 않는지 부담스러운 얼굴로 말하자 추영훈이 미소를 지었다.

아마도 대한민국을 몇 번은 들었다 놓았다 한 스타라고 하기에는 소박한 모습이 마음에 든 모양이다.

"배우는 쫄리면 배우 생활 끝나는 거야. 없어도 좋은 차 타고, 좋은 옷 입고, 좋은 데서 자는 거야. 이게 다 대중들의 관심에 포함되어 있는 의무라고. 사람들 관심과 사랑으로 돈 버는 대신 택근 씨는 사람들이 원하는 모습을 보여줄 의무가 있다고. 생각해 봐. 백마 탄 왕자님 같은 배우가 반지하방에서 출퇴근을 해. 확 깨지? 지금 택근 씨가 자리가 그런 자리야."

빚까지 내가며 명품으로 도배하고 다니던 유명 여자 스타의 일화를 떠올린 장택근은 끄응 하고 앓는 소리를 내뱉었다.

"그래도 이건 너무 비싼 거 같은데요."

"괜히 돈 아낀다고 궁상떨지 말고 배고프면 룸서비스 시켜 먹고, 필요한 거 있으면 연락해. 일단은 내가 다시 집에 들러서 적당히 필요하겠다 싶은 건 가져올게."

그렇게 말한 추영훈은 장택근을 호텔에 던져두고는 룸을 나섰다. 나가자마자 전화기를 꺼내 드는 것을 보니 처리할 일이 제법 많은 모양이다.

그렇게 혼자 덩그러니 널따란 호텔 스위트룸에 던져진 그는 괜스레 대리석 탁자며 이런저런 것을 만지며 룸 안을 배회했다.

대체 누구일까. 혹시 이런 게 말로만 듣던 스토커인가.

하도 사건 사고가 연달아 터지다 보니 이제는 뭐가 뭔지 알 수 없게 되어버렸다.

아무리 생각해도 머리만 아파와 그는 자신의 침대보다 두 배는 커 보이는 침대에 몸을 던졌다.

"좋긴 좋네."

가격이 어마어마할 게 분명한 침대의 쿠션이 주는 안락함에 그는 감탄을 금치 못했다.

돈이면 귀신도 부린다더니.

이런 세상도 모르고 평생을 살아온 PD 시절이 떠올라 문득 괴리감을 느껴졌다. 열심히 살고 치열하게 아등바등하는 건 어디를 가도 똑같은데 이렇게 다른 세상이 있다니 시간이 흘러도 도무지 적응이 되지 않았다.

"끄응."

하지만 안락함이 과도했던 탓일까, 그도 아니면 천장을 호화롭게 수놓은 무늬에 눈이 아팠던 것일까. 그는 온몸이 배기는 듯한 느낌에 벌떡 몸을 일으켰다.

그러고 보니 아무것도 먹지를 못했네.

그가 탁자에 놓인 책자를 뒤적거리다 눈을 부릅떴다. 찢어질 듯이 부릅떠진 눈동자가 빠르게 위아래로 흔들렸다.

"뭐, 이렇게 비싸!"

저도 모르게 빽 소리를 지르고는 메뉴판을 덮고 말았다.

"으으, 이따가 영훈이 형 올 때 도시락이라도 사다 달라고
해야겠다."

서민적인 정서가 깊이 뿌리박힌 그는 호화로운 스위트룸
을 둘러보다 고개를 절레절레 저었다.

이거 불편해서 잠이나 자겠나.

NB엔터테인먼트와 계약을 하고 받은 집도 처음에는 영 불
편하기만 했다.

고시원에서 원룸과 오피스텔, 그리고 다시 고급 아파트, 지
금은 호텔 스위트룸.

뭔가 지나칠 정도로 빠르게 업그레이드되는 주거 환경에
그는 차라리 불안할 지경이다.

이러다가 갑자기 이 모든 게 꿈이어서 눈을 뜨면 좁디좁던
PD 시절의 원룸이 아닐까 생각하니 끔찍했다.

"아오, 내가 스트레스를 받으니까 별 생각을 다하는구만."

그렇게 투덜거린 그는 잘 정리된 호텔의 이곳저곳을 들쑤
시고 다녔다.

단정하게 정리된 침대 시트를 끄집어내 흐트러트리고, 정
갈하게 디스플레이 되어 있던 이런저런 잡동사니들을 잔뜩

흐트러뜨리니 그나마 사람 사는 냄새가 났다.

'이제 좀 있을 만하네.'

스스로 생각해도 어이없는 행동이었지만, 그간의 스트레스가 과도했던 모양이다.

＊　　　＊　　　＊

몸은 천국에 있는데 마음은 지옥을 헤매고 있다.

그 말이 딱 장택근의 상황이었다. 호화스러운 호텔 스위트룸에 누워 시간을 죽이고 있지만, 근래 들어 연달아 터진 괴사들 탓에 한시도 마음이 편하지 않았다.

당장 룸 밖으로 나가려고 해도 사람들의 이목이 신경 쓰이니 시간이 갈수록 널따란 스위트룸이 감옥처럼 느껴질 지경이다.

며칠 뒤부터 영화 〈심장이 뛴다〉의 오디오 녹음이 시작될 텐데 작업만 시작해도 숨통이 그나마 트일 것 같았지만 지금으로선 그저 갑갑한 마음에 열리지도 않는 창 앞에 서서 바깥을 바라보고 있을 뿐이다.

'담배라도 있었으면……'

고3 때 멋도 모르고 피우다가 만 담배마저 생각날 지경이니 그 스트레스가 어마어마했다.

그러다 문득 진열장에 가득 놓인 고급 위스키가 그의 눈에 띄었다.

갈색의 액체가 어찌나 유혹적이던지 정신을 차렸을 때는
이미 코끝으로 알싸하고 깊은 주향이 파고든 후였다.

'혼자 마시는 술은 정말 체질이 아닌데…….'

그는 쓴웃음을 지으며 위스키를 들이켰다. 잔도 필요 없었다.
그저 병째 입을 주둥이를 가져다 붙이고 그대로 목을 젖혔다.

뜨거운 액체가 목을 타고 넘어간다. 목구멍부터 시작해 이
내 온몸으로 퍼지기 시작한 열기에 그는 차게 식었던 몸이 덥
혀지는 듯한 기분이 들었다.

정신없이 술을 들이부었다. 어미의 젖을 찾는 새끼 고양이
처럼 그는 맹목적으로 주둥이에 입을 붙이고 갈색 위스키를
들이부었다.

그리고 어느 순간 더 이상 자신을 위로해 주던 액체가 나오
지 않자 다시 손을 뻗어 새로운 병을 집어 들었다.

그리고는 다시 맹목적으로 술을 들이켰다.

그렇게 한참을 마셔대다가 그는 문득 정신을 차렸다.

이게 뭐 하는 짓일까.

자괴감이 들었다. 셔츠의 앞섶을 온통 적신 위스키 탓에 온
몸에서 지독할 정도로 술 냄새가 풍겨 나왔다. 이래서야 주정
뱅이라고 손가락질을 해도 변명할 여지가 없었다.

하지만 그럼에도 불구하고 그의 의식은 끔찍하도록 선명

했다. 다른 이였다면 벌써 만취해서 널브러졌을 양의 독주를 들이켜고도 그는 아무렇지도 않았다.

그래서 더욱 자신의 몸에 밴 주향이 역하게 느껴졌을 것이다. 그는 이제는 마음대로 취하는 것도 쉽지 않은 몸뚱이를 한탄하며 욕실로 향했다.

차가운 물에 그렇게 몸을 씻어내고 나니 가뜩이나 선명하던 정신이 더욱 또렷해졌다.

갑갑증이 가시지를 않았다. 오히려 거실에 가득한 술 냄새 때문에 머리가 지끈거렸다.

최악이다. 술에 기대 대체 뭘 바란 것일까.

코끝을 찌르는 알싸한 알코올 냄새에 자꾸만 속이 뒤집혔다. 결국 참다못한 그는 선글라스와 모자를 꺼내 들고는 방을 나섰다.

그래도 주말이 아닌 게 다행이라면 다행이랄까. 복도를 걸어 엘리베이터를 타고 스카이라운지에 도착하기까지 어느 누구와도 마주치지 않았다.

누르스름하면서도 붉은 조명이 은근하게 깔린 라운지는 다행스럽게도 적당히 어둡고 적당히 한산했다.

그나마 라운지에 드문드문 앉은 방문객들도 각자 생각에 빠져 창밖으로 보이는 서울의 야경에 시선을 두고 있거나 아니면 자신의 일행에게 집중하느라 어느 누구도 장택근을 신경 쓰지 않았다.

그 역시 금세 그들 틈에 자리를 잡고는 라운지의 일부가 되었다.

"주문은 뭐로 하시겠습니까?"

세련되게 차려입은 라운지의 직원이 다가와 접객 멘트를 날리다가 눈을 휘둥그레 떴다.

아무래도 어두운 조명과 선글라스도 소용이 없었는지 그를 알아본 모양이다.

"독한 걸로 주세요."

자신의 말이 꼭 어디 싸구려 영화의 주인공이나 할 법한 대사라 얼굴이 화끈거렸다.

"제일 독한 놈으로요."

하지만 그는 말을 주워 담기는커녕 오히려 한마디 더 덧붙였다. 그의 말에 조금은 당황한 기색을 보이던 직원이 몇 가지 메뉴를 추천했다.

"상관없습니다. 독하면 됩니다."

재차 같은 말을 반복하니 그를 바라보는 직원의 눈초리에 의아한 기색이 서렸다. 하지만 이내 접객 전용일 게 분명한 미소를 보이고는 자리를 떴다.

그렇게 직원이 자리를 뜨자 장택근은 다시 창밖으로 보이는 야경에 시선을 주었다.

객실과 마찬가지로 열리지 않는 이 거대한 창은 창문이라기보다는 유리벽이라는 말이 더 잘 어울릴 듯했다.

그 너머로 보이는 야경 역시 별다르지 않았지만, 그는 한참이나 창밖을 바라보고 있었다.

이 야심한 시각에도 잔뜩 불이 켜진 시내의 빌딩들과 그 아래를 오고 가는 차량의 불빛이 어쩐지 현란했다.

한참을 보고 있자니 왠지 빨려들 것 같은 풍경이라 그는 문득 시선을 뗐다.

"휴우."

스스로도 의미 모를 한숨이 잇새로 새어 나왔다.

저도 모르게 고개를 절레절레 젓는데 어디선가 시선이 느껴졌다.

기척을 따라 고개를 돌리니 웬 여자가 빤히 자신을 바라보고 있다.

세련된 옷차림과 외모에 자연스럽게 늘어뜨린 머리카락, 머리에서 발끝까지 온몸으로 유혹적인 향기를 풍기는 여인이 그를 뚫어져라 바라보고 있었다.

그녀가 고양이 같은 미소를 지어 보인다. 뺨에 깊게 보조개가 파이고 눈매가 보기 좋게 휘어 오르는 아찔한 미소였다.

하지만 여느 남자라면 심장이 떨렸을 법한 여인의 모습에도 장택근은 그저 무표정한 얼굴로 잠시 시선을 두다가 이내 고개를 돌렸다.

"주문하신 바카디 샷 나왔습니다."

마침 라운지의 직원이 쟁반을 들고 돌아왔다. 커다란 쟁반이 무색하게 덩그러니 놓인 스트레이트 잔에는 투명한 액체가 담겨 있다.

"주문하신 것 중 가장 독한 바카디 151입니……."

직원은 한창 설명을 하다가 이내 입을 다물었다. 장택근이 낚아채듯 쟁반 위의 잔을 들어 단숨에 입에 털어 넣은 탓이다.

그가 눈을 휘둥그레 뜨는데 장택근은 그러거나 말거나 목구멍을 타고 넘어가는 뜨거운 기운에 집중했다.

그나마 룸에 비치되어 있던 위스키보다는 한결 술 마시는 기분이 났다. 도수가 70도라고 하더니 과연 높은 도수만큼이나 화끈했다.

"병으로도 있나요?"

"네? 네."

인상 하나 찡그리지 않고 독주를 비워낸 그를 보며 라운지의 직원이 조금은 질린 얼굴을 해 보였다.

"그럼 병으로 가져다주세요."

장택근의 말에 직원은 만류했다.

"손님, 아시겠지만 바카디는 그냥 마시기에는 지나치게 독한 술인데, 차라리 코냑이나 몰트위스키를 드시는 것은 어떠

신지요."

그의 말대로였다. 어지간한 주당이라도 이 정도 독주를 연달아 들이켜면 만취하고 말 것이다. 하지만 장택근이 원하는 것이 바로 그것이었다.

"고맙습니다만 그냥 바카디로 주세요."

그래도 생각해 준다고 한 말인지라 그가 매몰차게 거절은 하지 못하고 호주머니에서 5만 원권 지폐를 꺼내 그의 손에 쥐어주었다.

"네, 알겠습니다."

자신의 손에 쥐어진 팁 때문인지, 아니면 손님의 결정에 더이상 감 놔라 배 놔라 할 수가 없던 탓인지 직원은 그대로 몸을 돌려 사라졌다.

다시금 야경을 향해 시선을 두는데, 문득 인기척이 느껴졌다. 직원이 벌써 돌아왔나 했더니 좀 전의 여자가 자신 앞에 서 있다.

물끄러미 그녀를 바라보고 있자니 그녀가 그 어떤 양해의 말도 없이 그의 앞에 앉았다.

마치 다른 사람이 본다면 그녀가 장택근과 선약이라도 한 것처럼 보일 정도로 아무런 거리낌이 없었다.

"무슨……."

저도 모르게 인상이 찌푸려졌다. 눈살을 잔뜩 찌푸린 그가 그녀를 보고 있는데 그녀가 예의 그 아찔한 미소를 지어 보였다.

"장택근 씨죠? 이렇게 보니까 TV보다 실물이 훨씬 분위기 있어 보이네요."

처음부터 그의 표정 따위는 신경도 쓰지 않는 듯한 태도였다.

자신감이 넘치는 것인지, 아니면 단순히 지나칠 정도로 외향적인 성격인지 장택근은 그 어떤 쪽이든 기분이 좋게 받아들여지지가 않았다.

안하무인, 그가 느끼는 여인에 대한 첫인상은 딱 그러했다.

"죄송하지만 무슨 일이시죠?"

평소라면 그래도 연예인이랍시고 조금은 친절한 말투였을 텐데 오늘은 그의 기분이 좋지 않았다. 팬서비스 따위 신경 쓰지 못할 정도로 정신적으로 코너에 몰려 있었다.

날이 선 그의 말에 여인이 눈을 동그랗게 떴다가 이내 다시 미소를 지어 보였다.

"생각보다 터프하시네요. 아니, 생각대로 터프하다고 해야 하나?"

여전히 자신의 말 따위는 듣지 않는 듯한 태도의 그녀를 보며 눈살을 찌푸리는데 라운지의 직원이 쟁반을 들고 돌아왔다.

그는 장택근의 맞은편에 앉은 여인을 보고는 흠칫 놀라다가 이내 표정을 가다듬고는 테이블에 잔을 올려두었다.

"주문하신 바카디 151일입니다."

별다른 주문도 하지 않았는데 이래저래 체이서를 잔뜩 챙겨 들고 온 그가 재빠르게 테이블을 세팅하고는 물러나는데 여자가 그를 붙잡았다.

"저기 제 자리에 있는 술 좀 가져다주실래요? 브랜디 잔도 하나 새로 가져다주시고요."

역시나 장택근의 의견 따위는 안중에도 없는 듯한 모습이다.

"혹시 제가 갑작스레 합석해서 기분이 상하셨나요? 표정이 영 좋지 않으시네요."

말로는 그렇게 지껄여 대면서도 추호도 미안한 기색은 없는 그녀를 보며 장택근은 다시 한 번 인상을 찌푸렸다.

대꾸하기도 피곤하다.

그는 말없이 늘씬한 술병의 주둥이를 열고는 온더락 잔에 가득 따랐다. 그리고는 잔이 차기가 무섭게 단숨에 비웠다.

"크으!"

이번에는 어지간한 술로는 눈썹 하나 까딱하지 않는 그도 절로 신음성을 내뱉어야 했다.

그저 화끈한 기운이 목을 타고 흘러내리는 기분만이 느껴지는 다른 술과는 다르게 바카디 151의 느낌은 불로 지지는 듯한 격렬함이 있었다.

이제야 술다운 술을 마시는 기분이 들었다.

"독주를 좋아하시나요, 아니면 오늘 취하고 싶은 건가요?"

끈덕진 여자의 질문에 장택근은 인상을 풀었다. 뒤늦게 술기운이 올라오니 조금은 마음이 여유로워졌다.

커다란 돌덩이가 내려앉은 것처럼 갑갑하기만 하던 가슴도 이제야 숨통이 조금은 트이는 듯한 기분이다.

"바라는 게 뭡니까?"

그래도 나오는 말이 곱지 않은 것은 그 안하무인격인 그녀의 태도가 자꾸만 누군가를 떠오르게 만든 탓이었다.

지나칠 정도의 자신감과 도도함, 그리고 타인의 기분 따위는 신경 쓰지 않는 듯한 태도.

지금은 잊고 싶은 그녀가 자꾸만 떠올랐다. 그래서인지 그의 말투에 가시가 잔뜩 돋아났다.

"이런 시간, 이런 자리에서 바라는 게 뭐가 있겠어요."

그녀가 나른한 어조로 속삭였다. 묘한 상상을 부추기는 듯한 그녀의 음성이 마치 유혹이라도 하는 듯했다.

"그냥 술친구죠."

표정과 말이 전혀 다르게 노는 여인이다. 어쩐지 그 모습이 음험해 보여 그는 그녀에게 차게 내뱉었다.

"술친구라면 다른 쪽에서도 쉽게 구하실 수 있을 것 같은데요?"

아까부터 그녀를 향해 추파를 던지던 남자들이 이 한적한 라운지에도 한 가득이었다. 그 점을 콕 집어서 이야기하니 그녀가 깔깔거리며 웃었다.

"술친구도 마음에 들어야 술친구죠. 게다가 이 안에서 그나마 또래는 우리 둘뿐이잖아요?"

이제는 두 손 두 발 다 들었다. 그녀의 태연자약한 태도에 장택근은 결국 그녀를 밀어내는 것을 포기했다. 아니, 어쩌면 처음부터 그녀를 쫓아낼 마음 따위는 없었는지도 몰랐다.

만약 그런 마음이 있었다면 처음 그녀가 자리에 앉는 순간 자신이 자리를 옮겼을 테니까.

갑갑하고 괴로운 마음, 술에 기대고 여인에 취하고 싶기라도 한 것일까.

스스로의 속마음을 가늠해 보던 그는 다시 한 번 술잔에 독주를 가득 채워 넣었다.

『얼라이브』 8권에 계속…

현대 소환술사

THE MODERN SUMMONER

FUSION FANTASTIC STORY
현윤 퓨전 판타지 소설

하늘이 무너져도 솟아날 구멍은 있다!

드래곤의 실험으로 모진 고난을 겪어야 했던 레비로스!
우여곡절 끝에 소환술사가 되어 최강의 자리에 오르지만
운명은 그를 나락으로 떨어뜨린다.

『현대 소환술사』

다시 한 번 주어진 삶!
그러나 그마저도 암울하기 그지없는데……

소환술사 레비로스의
인생 역전이 시작된다!

Book Publishing CHUNGEORAM